Ernst von Wildenbruch

Die Haubenlerche - Schauspiel in vier Akten

Ernst von Wildenbruch

Die Haubenlerche - Schauspiel in vier Akten

ISBN/EAN: 9783743643789

Hergestellt in Europa, USA, Kanada, Australien, Japan

Cover: Foto ©Andreas Hilbeck / pixelio.de

Weitere Bücher finden Sie auf **www.hansebooks.com**

Die Haubenlerche.

Schauspiel in vier Akten

von

Ernst von Wildenbruch.

Zweite Auflage.

Berlin, 1891.
Verlag von Freund & Jeckel
(Carl Freund).

Personen.

August Langenthal (34 Jahre alt), Besitzer einer Papierfabrik.

Hermann, sein Halbbruder (fünfzehn Jahre jünger).

Juliane, Beider Cousine.

Frau Schmalenbach, Fabrikarbeiters=Wittwe.

Lene, ihre Tochter.

Ale Schmalenbach, Schwager der Frau Schmalenbach, Lumpen=
Faktor in der Fabrik.

Paul Ilefeld, erster Büttgeselle in der Fabrik.

Ort: Eine Papierfabrik in der Nähe von Berlin.
Zeit: Gegenwart.

Erster Akt.

(Scene: Ein freundlicher, sehr sauber gehaltener Garten, der links und im Hintergrunde von einer Mauer eingefaßt ist. Rechts ein zweistöckiges einfaches Wohnhaus,
dessen Fenster auf den Garten gehen. In der Mitte des Hauses die Hausthür, zu der
einige flache Stufen hinaufführen. Die Mauer ist in der Ecke, wo Hintergrund und
linke Seite zusammenstoßen, von einer hohen eisernen Gitterthür durchbrochen. Durch
die Stäbe der Thür sieht man auf die Landstraße hinaus und jenseits derselben einige
Arbeiter-Wohnungen mit kleinen Vorgärten. Es ist frühester Sommermorgen; Alles
noch schlafend; in der Ferne hört man Hähne krähen; vor den Fenstern des Hauses
sind die Läden geschlossen und die Rouleaux niedergelassen.)

Erster Auftritt.

Hermann (kommt außerhalb des Gitterthors auf der Landstraße; seine Stiefel sind
mit Staub bedeckt, sein Anzug und sein Aeußeres elegant, zeigt aber die Spuren
einer liederlich durchwachten Nacht. Er geht an das Gitterthor und versucht ver-
geblich, es zu öffnen.)

Hermann.

Natürlich Alles wieder zu — (Er greift in die Hosentasche.) Schlüssel
natürlich wieder vergessen — na denn hilft das nicht — also
drüber weg! (Er klettert an der Gartenthür empor und bleibt auf dem obersten
Rande reitend sitzen, indem er sich mit beiden Händen festhält. Hol's der Kuckuck
— nach einer Nacht im Kap-Keller! Ich glaube wahrhaftig —
ich bekomme — den Dreh-Kater. (Er schließt die Augen.)

Zweiter Auftritt.

Hermann. Lene Schmalenbach.

Lene (hinter der Scene singend).

Reich bin ich nicht,
Taschen sind leer —

Schön bin ich nicht,
Manche ist's mehr —
Aber vergnügt —
Weiß nicht, woher!

(Sie erscheint draußen hinter dem Gitterthor, im leichten Morgenkleide, ein Häubchen auf dem Kopfe, ein Wassergefäß, Besen und Bürste in Händen. Sie schließt das Thor auf, während sie dies thut, bemerkt sie Hermann.) Herrjeh! Da steigt jemand über's Gitter ein! (Sie tritt rasch ein.)

Hermann.

Mo'jen, Lene.

Lene.

Und es is unser junger Herr! Was machen Sie denn da?

Hermann.

Ich suche meinen Hausschlüssel.

Lene

(schlägt lachend die Hände zusammen).

Da oben? Fallen Sie man nich' runter; ich werde gleich eine Leiter holen.

Hermann.

Bemühe die Leiter nicht; so etwas macht man so: (er schwingt sich an der Innenseite der Thür herab) Schlußsprung — (er springt zur Erde). Mahlzeit! (Verneigt sich gegen Lene.)

Lene.

Was Sie aber angeben, junger Herr —

Hermann.

Andere Leute gehen durch die Thüren — ich gehe drüber weg; das kommt daher, siehst Du, weil ich einer aus der vierten Dimension bin.

Lene.

Das verstehe ich nu nich.

2

Hermann.

Glaub' ich Dir; ich bin ein Geist, siehst Du; darum kommt Dir das Alles so sonderbar vor; Geister kriegst Du hier in der Fabrik nicht zu seh'n.

Lene.

Ein Geist sind Sie? Darum gehen Sie wohl des Nachts um?

Hermann.

Bravo! War gut gesagt! (Nimmt den Hut ab, wischt sich die Stirn.) Solche Mühe giebt sich der Mensch, blos damit er in den Käfig zurückkommt! (Er wirft sich in einen Gartenstuhl.) Zu verrückt, nicht wahr?

Lene.

Was denn für ein Käfig?

Hermann.

Weißt Du, was für ein Unterschied ist zwischen einer Fabrik und einem Käfig?

Lene.

Ne.

Hermann.

Ich auch nicht; also ist 'ne Fabrik ein Käfig.

Lene.

Na — wenn die Käfige alle so ausseh'n —

Hermann.

Das soll wohl heißen, daß es Dir hier gefällt?

Lene.

Warum denn nich?

Hermann.

Mußt Du alle Morgen so früh aufstehn?

Lene.

Wie's kommt; mal ein bischen früher, mal ein bischen später.

Hermann.

Alle Morgen Waſſer tragen und fegen?

Lene.

Wenn's doch meine Arbeit is.

Hermann.

Iſt das eine Welt! Da bleibt Unſereinem wahrhaftig nichts weiter übrig, als ſich ſchlafen zu legen.

Lene.

Haben Sie die janze Nacht nich geſchlafen? Bis jetzt?

Hermann.

So etwas iſt Dir wol noch nie vorgekommen?

Lene.

Das kann Ihnen doch aber nich geſund ſein, junger Herr.

Hermann.

Wie alt biſt Du denn eigentlich?

Lene.

Warum denn?

Hermann.

Weil Du mich immer „junger Herr" nennſt.

Lene.

Nächſte Oſtern werde ich achtzehn.

Hermann.

Alſo bin ich ein ganzes Jahr älter als Du; wäre alſo viel richtiger, wenn Du mich „alter Herr" nennteſt.

Lene.

Na ja — Sie! Es iſt doch nur zum Unterſchied.

Hermann.

Zum Unterſchied? Von was?

4

Lene.

Na — von unsern Herrn.

Hermann.

Unser Herr — August —?

Lene.

Na ja — der Herr Aujust.

Hermann.

Aujust — mit die Prinzipien — zum Unterschied von Aujust bei Renz — (gähnt) der ist aber amüsanter.

Lene.

Jott, was Sie müde sind; ich werde man aufschließen. (Sie geht die Stufen hinauf, schließt die Thür auf.)

Hermann (betrachtet sie).

Zum Anbeißen, wie das Frauenzimmer aussieht.

Lene (blickt in den Flur).

Sie können janz unbemerkt 'rinkommen, es is noch niemand auf im Hause.

Hermann (ohne seine Stellung zu verändern).

Weißt Du was? Ein Paar neue Morgenschuhe werde ich Dir einmal mitbringen aus Berlin.

Lene.

Ein Paar — Morgenschuhe?

Hermann.

Solche alte Schlampen — wenn man solch' ein Paar nied= liche Füße hat, wie Du.

Lene
(bemerkt seinen Blick, der auf ihrer Gestalt ruht, zieht unwillkürlich das Tuch fester um die Schultern).

Aber junger Herr —

5

Hermann.

Braucht Dir nicht unangenehm zu sein; ich versteh' mich auf so etwas.

Lene.

Aber die Thür is nu offen.

Hermann.

Erst komm 'mal her, gieb mir die Hand und sag' guten Morgen.

Lene.

Das hab' ich doch schon gesagt.

Hermann.

Nein.

Lene.

Aber — wenn ich nur — wüßte —

Hermann (streckt die Hand aus).

Na, zier' Dich doch nicht!

Lene.

Also — mo'jen auch! (Sie huscht die Stufen herab, giebt ihm flüchtig die Hand.)

Hermann (hält ihre Hand fest)

Blitz-Kröte, Du! (Er wirft den Arm um ihre Hüfte, versucht, sie an sich zu ziehen.)

Lene (sträubt sich).

Aber, junger Herr!

Hermann (versucht, sie zu küssen).

Es sieht's ja Niemand!

Lene (reißt sich los).

Ne, ne, ne! Das lassen Sie man unterwegs. (Sie steht tief-athmend, von ihm abgewandt.)

Hermann.

Lauf' man nicht davon; ich bin ja ganz artig.

6

Lene (schiebt sich die Haube zurecht).

Verlier' ich — wahrhaftig noch meine Haube.

Hermann.

Ist niedlich das Häubchen; wo hast Du das her?

Lene.

Von meinen Schneider.

Hermann.

Sieh' mal an; wer ist denn das?

Lene (hebt die rechte, dann die linke Hand auf).

Das ist der Schneider und das die Schneiderin.

Hermann.

Mädchen, Dich müssen sie im Panoptikum aufstellen und drunter schreiben: „so sieht die Arbeit aus."

Lene.

Wär' denn das eine Schande?

Hermann.

Du bist aber ganz was andres; soll ich Dir sagen, was?

Lene.

Na?

Hermann.

Eine Haubenlerche.

Lene.

Wie kommt denn das nu wieder 'raus?

Hermann.

Wenn Alles noch in den Federn liegt, steh'n die Lerchen auf — siehst Du, das stimmt auf Dich.

Lene.

Na ja, Einer muß doch zuerst aufsteh'n.

Hermann.

Kaum, daß sie aufgestanden ist, fängt die Lerche zu singen an!

Lene.

Ach so —

Hermann.

Und alle Menschen sind den Lerchen gut. Das stimmt erst recht auf Dich.

Lene.

Na — wenn ich eine Lerche bin — denn —

Hermann.

Dann? Was?

Lene.

Na — ich will's lieber nich sagen.

Hermann.

So sag' doch.

Lene.

Ich meinte man — die Lerchen müssen sich in Acht nehmen.

Hermann.

Vor wem denn?

Lene.

Es giebt manche, die jern Lerchen essen.

Hermann.

Hast recht; ich kenne auch so manchen Lerchen-Fänger.

Lene (sieht ihn mit blinzelnden Augen an).

So? Wirklich?

Hermann.

Wenn ich so „unsren Herrn Aujust" ansehe —

Lene (sehr ernst).

Wovon reden Sie denn?

Hermann.

Denkst Du denn, ich hätt's nicht geseh'n, wie er Dich mit den Augen aufessen möchte?

Lene.

So etwas mag ich gar nicht hören.

Hermann.

Was hab' ich denn gesagt?

Lene.

Der Herr Aujust — der is zu allen Menschen gut.

Hermann.

Also auch zu Dir.

Lené.

Das is ein ehrwürdiger Mann!

Hermann (gähnt).

Ehrwürdig — ja — kolossal.

Lene.

Den muß jedermann achten und ehren; der thut Allen nur Gutes und bringt niemand nich in's Unglück.

Hermann.

In's Unglück — heißt denn das, den Menschen in's Unglück bringen, wenn man ihm gut ist?

Lene.

Ja, ja, das kennt man schon.

Hermann.

Was?

Lene.

Wenn die reichen Herren einem armen Mädchen „gut" sind.

Hermann.

Raupen! Was schadt's Dir denn, wenn ich Dir zum Bei=
spiel sage, daß ich Dir gut bin?

Lene.

Sie — mir?

Hermann (steht auf).

Ja.

Lene.

Is mir ja eine jroße Ehre.

Hermann.

Sag' mal, Lene, möchtest Du einmal nach Berlin?

Lene.

Was soll ich denn da?

Hermann.

Dich ein bischen amüsiren.

Lene.

Da würde ich mich ja doch nur verlaufen.

Hermann.

Wenn Dich jemand 'rumführt?

Lene.

Wer sollte denn das wohl sein?

Hermann.

Zum Beispiel, ich.

Lene.

Ach so —

Hermann.

Es sollte Dir schon gefallen, das sag' ich Dir.

Lene.

Möchten Sie denn jetzt nich schlafen geh'n?

10

Hermann (geht an die Hausthür).

Davon reden wir noch. (Er greift in die Tasche.) Vorläufig bezahl'
ich meine Schulden.

Lene.

Was wird denn das?

Hermann.

Du hast heute Portier gespielt — der Portier bekommt etwas
für's Aufschließen — da nimm. (Er streckt ihr ein Zehn-Markstück hin.)

Lene.

Aber junger Herr —

Hermann.

So nimm doch.

Lene.

Seh'n Sie sich doch einmal an, was Sie mir da geben.

Hermann.

Hab' ich ja gethan.

Lene.

Zehn — Mark.

Hermann.

Na, so gieb mir 'raus.

Lene.

Wovon soll ich denn 'rausgeben?

Hermann.

So bleibst Du in meiner Schuld.

Lene.

Ne ne ne! Das will ich nich.

Hermann (drückt ihr das Geld in die Hand).

Na dann schenk' ich's Dir!

Lene.

Aber für was denn? Ich habe ja gar nichts zu verlangen.

11

Hermann.

Gott im Himmel, ist das eine Welt hier! Wer spricht denn von Verlangen? Ich sage ja, daß ich's Dir schenke.

Lene (hält das Geld in der flachen Hand).

Ach ne, nehmen Sie's wieder!

Hermann
(drückt ihr die Hand über dem Gelde zusammen).

Mach' die Thür zu, sonst erkältet es sich.

Lene.

Und — ich will's nicht haben — das geben Sie mir doch nich umsonst.

Hermann.

Wer spricht denn von umsonst! Ich will etwas haben von Dir, das ist gewiß.

Lene.

Was denn?

Hermann.

Ein Band für meinen Hausschlüssel, daß ich ihn in's Knopf= loch hängen kann. Da sollst Du draufsticken: „Für artige junge Männer".

Lene (lacht).

Hermann.

Und nun gut' Nacht, Haubenlerche. (Geht ab in's Haus.)

Lene
(steht einen Augenblick in stummem Nachdenken, dann wirft sie das Geldstück auf die Erde).

Und ich nehm's nich!

Hermann
(steckt noch einmal den Kopf durch die Thür).

Wenn Du's wegschmeißen willst — das kannst Du haben — aber wiedernehmen, was ich geschenkt habe — is nich. (Geht ab.)

Lene (wendet das Geldstück mit der Fußspitze hin und her).

Es ist doch sündhaft — was man sich da alles für kaufen könnte. (Sie rafft sich entschlossen auf.) Ne ne — lieg' Du man da! (Sie geht an die Gitterthür, holt das Wassergefäß, Besen und Bürste, kommt damit zurück, bleibt wieder vor dem Gelde stehen.) Aber hier — mitten vor's Haus — wo es jeder gleich sieht? (Sie schaufelt mit dem Fuße Sand darüber.) Immer tuckt's wieder heraus — ich will's lieber wo anders hintragen — (sie nimmt das Geldstück auf, in diesem Augenblick wird der Fensterladen an einem der Fenster von innen aufgestoßen.)

Lene (fährt erschreckt auf).

Ach Jott — nu kommt das Fräulein! (Sie steckt hastig das Geld ein.)

Dritter Auftritt.

Juliane (erscheint an dem geöffneten Fenster, lehnt sich heraus).

Juliane.

Na, Lenchen —! Frisch ausgeschlafen? Munter bei der Arbeit?

Lene.

Guten Morgen auch, Fräulein. (Geht zu ihr, reicht ihr die Hand hinauf.)

Juliane.

Wie geht's denn der Mutter?

Lene.

Die Nacht war ja so so — aber auf die Beine is sie doch gar zu schwach.

Juliane.

Wir haben gestern den Arzt gesprochen; er sagt, sie müßte so viel im Freien sitzen wie möglich. In Eurem Gärtchen ist zu wenig Schatten, darum läßt der Herr Dir sagen, Du sollst sie herüberbringen, damit sie sich hier im Schatten hersetzen kann.

13

Lene.

Hier — in den herrschaftlichen Garten?

Juliane.

Ja.

Lene.

Da sage ich aber wirklich tausendmal Dank.

Juliane.

Wird sie denn zu Fuß herüberkönnen?

Lene.

Ja — ich weiß wirklich nich. —

Juliane.

Dann geh' mal auf den Boden hinauf, da steht der Roll=
wagen von der seligen gnädigen Frau; der Herr läßt Dir
sagen, Du kannst ihn nehmen und Deine Mutter hineinsetzen.

Lene.

Von unsres Herrn seliger Frau Mutter?

Juliane.

Ja, Du wirst ihn ja wohl kennen.

Lene.

Ach, ich danke, Fräulein, ich danke auch wirklich tausendmal!

Juliane.

Bei mir hast Du Dich nicht zu bedanken; nur bei dem Herrn.

Lene.

Ja, das versteht sich.   (Will ab.)

Juliane.

Sag' mal, Lenchen, mir war doch, als hörte ich Dich hier
mit jemandem sprechen?   Wer war's denn?

Lene.

Ach Jott, Fräulein, es war ja unser junger Herr.

Juliane.

Hermann? Der war ja gestern Nachmittag nach Berlin gefahren? Ist er so früh schon wieder aufgestanden?

Lene.

Das nu jrade nich — er (sie kichert) er is ja eben erst retur gekommen.

Juliane.

So —? Es gab ja viel zu lachen — was hattet Ihr Euch denn zu erzählen?

Lene.

Na — ich habe nich jrade viel gesprochen; es war mehr von seiner Seite.

Juliane.

Was hat er Dir denn gesagt?

Lene.

Ach Jott, Fräulein, es is ja so ein spaßiger Mann, und es is immer so komisch, was er sagt, daß man aus dem Lachen jar nich 'rauskommt. Ich weiß jar nicht mehr, was es alles war; nur eins habe ich behalten.

Juliane.

Also?

Lene.

Er hat mich gefragt, ob ich wüßte, was ich wäre, und da-brauf hat er gesagt, ich wäre eine Haubenlerche.

Juliane.

Eine Haubenlerche?

Lene.

Ja, weil ich früher aufstände, wie die Andren und denn zu singen anfinge.

15

Vierter Auftritt.

August Langenthal (ist in der Hausthür erschienen).

Juliane (zeigt auf den hinter Lene stehenden August).

Da kommt der Herr.

Lene (wendet sich rasch).

Ach — denn will ich man machen!

August.

Guten Tag, Helene. (Streckt ihr die Hand hin.)

Lene
(legt, schüchtern knixend, ihre Hand kurz in die seine).

Guten Tag, gnädiger Herr.

August.

Sie wissen ja, liebes Kind, ich mag nicht, daß Sie mich so nennen.

Lene.

Ja, ich bitte um Entschuldigung — Herr Aujust.

August.

Hat Fräulein Juliane Ihnen gesagt —?

Lene.

Daß Sie mit dem Arzt von wegen meine Mutter ge= sprochen haben, und daß die alte Frau sich in den Garten hier setzen darf und daß ich den Rollwagen von der seligen gnädigen Frau holen darf, jawoll!

August.

Freut's Sie?

Lene.

Na — wenn mich das nicht freuen soll! Ich danke auch schön — (sie ergreift seine Hand mit beiden Händen) wirklich und wahr= haftig! Sie sind zu jut!

16

August

(streicht ihr mit sanfter Hand über das Haar).

Sie sind ein liebes Kind, und es ist recht, daß Sie sich so für Ihre Mutter freuen. Nun geh'n Sie nur und holen den Wagen.

Lene.

Ja, gnädiger — wollt' ich sagen, Herr Aujust. (Sie rafft das Wassergefäß, Besen und Bürste auf, geht eilend in's Haus ab.)

Fünfter Auftritt.

August. Juliane (erscheint in der Hausthür und bleibt dort, August betrachtend, stehen, der sich im Gartenstuhl niedergelassen hat und gedankenvoll vor sich hinblickt).

Juliane.

Frühstücken Sie im Hause?

August (aufblickend).

Guten Morgen, Juliane. (Er steht auf, geht auf sie zu; sie steigt die Stufen herab, sie reichen sich die Hand.)

Juliane.

Ob ich Ihnen den Hut bringe? Es wird heiß.

August.

Immer für mein Wohl besorgt; nein danke. Das bischen Morgenluft thut Einem gut, wenn man nachher an die Arbeit muß. Setzen Sie sich ein wenig zu mir.

Juliane (setzt sich neben ihn).

Die viele Arbeit.

August.

Ich habe mich seit langem nicht so wohl gefühlt.

Juliane.

Erklärlich; wenn man am frühen Tage zwei Menschen glücklich macht —

August.

Ich bitte Sie — was ist denn daran? Sagen Sie doch
mal, habe ich denn eigentlich so etwas Steifes, Geheimräthliches
an mir?

Juliane.

Weshalb?

August.

Weil das Mädchen sich gar nicht abgewöhnen kann, mich
gnädiger Herr zu nennen. Es wäre ja möglich, daß ich's von
meinem Vater geerbt hätte, dem Wirklichen Geheimen Ober-
Regierungs-Rath; oder weil ich selbst schon in früheren Jahren
solch ein angehender Geheimrath gewesen bin.

Juliane.

Ich habe nichts davon bemerkt.

August.

Es steckt immer noch ein Rest von knechtischer Gesinnung
in diesen Leuten; sie empfinden es als eine Gnade, wenn man
sie als Menschen behandelt.

Juliane.

Wäre es Ihnen lieber gewesen, wenn sich die Kleine nicht
bedankt hätte.

August.

Wenn man es so allerliebst macht, wie sie — ein hin-
reißendes Geschöpf!

Juliane.

Sie meinen — die Lene?

August.

Wie ein Sonnenstrahl geht das Mädchen durch mein Haus.

Juliane.

Sie giebt Ihnen nur wieder, was sie selbst und all' diese
Leute von Ihnen empfingen.

August.

Wie meinen Sie das?

Juliane.

Sie sind gütig gegen Ihre Arbeiter.

August.

Seit wann schmeicheln Sie denn?

Juliane.

Es giebt Menschen, die man an sich selbst erinnern muß, sonst vergessen Sie, was sie zu fordern haben.

August.

Ich dächte, ich hätte der Welt gegenüber meine Stellung energisch genug gewahrt?

Juliane.

Sie meinen — damals —

August.

Damals, als ich den Beamten an den Nagel hing und hier die Papierfabrik übernahm. Wissen Sie, warum ich es that? Weil ich's mit ansah, wie mein Vater, nach dreißig Jahren treu erfüllter Pflicht, den Abschied nehmen mußte, weil seine Gesinnung mit den Ansichten höheren Ortes nicht mehr harmoniren wollte.

Juliane.

Müssen Sie mich daran erinnern? Die Tochter des armen, verabschiedeten Majors?

August.

Darum gelobte ich meinem sterbenden Vater in die Hand daß es seinen Söhnen nicht so gehen sollte — (er springt auf, reckt die Arme) und hier stehe ich nun — auf eigenen Füßen und bin frei.

Juliane
(blickt ihn starr an, dann sagt sie tonlos).

Ja.

August.

Was sagten Sie?

Juliane (mit blassem Lächeln).

Ich kann es nicht so niedlich machen, wie die Kleine; aber Sie müssen sich's gefallen lassen, daß auch ich Ihnen danke.

August.

Sie wollen mich heute mit Gewalt eitel machen, wie mir scheint.

Juliane.

Aus einem verkümmerten Dasein haben Sie die Tochter des armen Majors in Ihr freies gesundes Leben hinüber gerettet.

August.

Als ob Sie mir das nicht täglich und stündlich durch die Sorgfalt bezahlten, mit der Sie mir die Wirthschaft führen. Aber es ist recht so, wer frei sein will, muß keine Geschenke nehmen, kein Gehalt und keine Pension. Dieses sich selbst bezahlt machen an jedem Tage, dieses sorgen für das Leben Andrer, weil man dadurch am eigenen Leben baut, wie das anders, freier, besser ist, als der kalte sichere Egoismus, in dem ich an der Krippe des Staats gelebt habe! Sehen Sie die Häuser meiner Arbeiter da drüben, wie sie in der Sonne funkeln — sehen Sie die Gärtchen vor jedem der Häuser — die habe ich ihnen gebaut, die habe ich ihnen gepflanzt. Und hören Sie das? Hören Sie's nicht?

Juliane (beugt sich lauschend vor).

Ich höre etwas, aber ich weiß nicht, ob es das ist, was Sie meinen?

August.

Also —?

Juliane.

Ehrlich gestanden — ich höre Schweine grunzen.

August.

Na freilich, das meine ich ja.

Juliane (lacht auf).

August.

Ja, lachen Sie nur; wenn Sie wüßten, was das heißt, bis man's dahin bringt, daß jeder der Leute sich sein Schwein fett machen kann. —

Juliane.

Dann lache ich nicht mehr.

August.

Manche haben sogar schon zwei —

(Aus dem Hause ertönt)

Lene's singende Stimme:

„Schön bin ich nicht,
Andre sind's mehr —"

August (wendet rasch den Kopf nach dem Hause).

Da kommt sie wieder!

Sechster Auftritt.

Lene (einen Rollwagen vor sich herschiebend, kommt aus dem Hause; indem sie die Beiden gewahr wird, bricht sie ab).

August.

Nur weiter; warum hören Sie denn auf?

Lene.

Ach, entschuldigen Sie nur; ich dachte gar nich, daß Sie noch da sind.

Juliane.

Das Lied muß ich heute früh schon einmal gehört haben.

Lene.

Ich singe es so, aber es is gar nich mehr wahr.

21

August.

Das ist ja merkwürdig; wie sind denn die Worte?

Lene.

Ach — es is ja jar nichts dran.

Juliane.

So sag' sie doch.

Lene.

Wenn Sie durchaus wollen — (Spricht.) „Reich bin ich nicht
— Taschen sind leer. —"

August.

Das stimmt doch?

Lene.

„Schön bin ich nicht — Andre sind's mehr. —"

August (mit einem heißen Blick auf Lene, für sich).

Freilich, das ist nicht wahr.

Lene.

„Aber vergnügt — Weiß nicht woher."

Juliane.

Nun? Ist das auch nicht wahr, daß Du vergnügt bist?

Lene.

Ja, aber ich weiß doch nu, woher daß ich es bin. (Zu August.)
Darf ich denn nu rübergeh'n und Mutter'n 'rüberholen in den
Garten?

August.

Das sollen Sie, freilich.

Lene.

Na denn — mit einem Juchhe! (Sie stürzt sich auf den Rollwagen,
schiebt ihn laufend zur Gitterthür hinaus und verschwindet draußen.)

22

Auguſt

(blickt ihr, in Gedanken verloren nach; Juliane beobachtet ihn ſchweigend von der Seite).

Frühlingsmorgen und Erdgeruch. Eine Lerche iſt das Mädchen, eine trillernde Lerche!

Juliane.

Das iſt doch ſonderbar.

Auguſt (wendet ſich zu ihr).

Was?

Juliane.

Wenn ſich zwei Menſchen ſo in demſelben Bilde begegnen.

Auguſt.

Hat ſie noch ſonſt jemand ſo genannt?

Juliane.

Ja, Hermann.

Auguſt (deſſen Geſicht ſich plötzlich verfinſtert).

So?

Juliane.

Das Mädchen wollte ſich todt lachen, weil er ihr geſagt hat, ſie wäre eine Haubenlerche.

Auguſt.

Was das wieder für eine Gemeinheit iſt!

Juliane.

Nun — nun — ſie fühlte ſich gar nicht beleidigt, wie mir ſchien.

Auguſt (geht auf und ab).

Aber ihr ſo etwas in's Geſicht zu ſagen? Wann hat er ſie denn zu ſehen bekommen?

Juliane.

Heut, ganz früh.

Auguſt.

Der ſteht doch ſonſt nicht ſo früh auf?

Juliane.

Nein, er kam eben nach Haus von Berlin.

August (stampft mit dem Fuße auf).

Da haben wir's! Wieder die Nacht durchgeschwiemelt! Mit Wein und Bier und Kneipendunst geladen, so kommt er nach Haus, und da muß ihm das reine Geschöpf entgegenlaufen in seine widrige Atmosphäre hinein!

Juliane.

Ich glaube aber wirklich, Sie beurtheilen das Mädchen zu feinfühlig.

August.

Weil's ein Fabrikmädchen ist? Nicht wahr? Was würden Sie denn sagen, wenn er Ihnen in solcher Verfassung begegnete und Schmeicheleien in's Gesicht würfe?

Juliane.

Ich?

August.

Ja ja, Sie.

Juliane.

Aber — das scheint mir doch etwas — anderes —?

August.

Weil Sie eine Dame der Gesellschaft sind? Nicht wahr? Sehen Sie, was für ein Bodensatz von Dünkel in uns steckt! In uns Allen! Auch in den Besten!

Juliane.

Ich meine ja nur — ich — würde es wohl anders empfinden.

August.

Natürlich; denn wir, die Gebildeten, sind ja eine ganz andere Menschenart! Diese brutale Nichtachtung der Menschen unter uns!

Juliane.

Brutal?

Auguſt.

Ja, brutal, weil ſo ganz naiv! Da ſchätzen wir dieſe Leute als roh, und merken gar nicht, daß die Sache umgekehrt ſteht: wir ſind die Rohen! Denken Sie denn, daß dieſe Leute das nicht fühlen? Ja, ſie fühlen es ganz genau, und daher kommt dieſer dumpfe Haß, dieſes Rachegefühl, das wir uns gar nicht erklären können, weil wir uns keiner böſen Thaten bewußt ſind. Unſer Gefühl, das iſt unſere böſe That!

Juliane.

Ich will mich nicht beſſer machen, als ich bin, aber ich kann es ehrlich ſagen: mein Gefühl iſt frei von ſolchem Hochmuth.

Auguſt.

So denkt ein jeder von uns und im Innern ſind wir Sklavenhalter gegenüber Sklaven.

Juliane.

Auguſt — ich glaube wirklich, Sie nehmen die Sache zu ernſt.

Auguſt.

Zu ernſt — die Sache kann gar nicht ernſt genug genommen werden! Da doktorn ſie herum an der ſocialen Frage, mit Vorſchlägen und Geſetzen und Einrichtungen und wundern ſich, daß Alles nichts hilft. Ja, worüber wundert Ihr Euch denn? Woher kommt denn das? Weil Ihr die Sache von der verkehrten Seite angreift. Solche Fragen löſt nicht der Staat, die löſt der Menſch! Von uns muß die Sache ausgehen; jeder Einzelne iſt berufen.

Juliane.

Wenn nur der Einzelne wüßte —

Auguſt.

Seh'n Sie, es giebt da ein Wort, das heißt: „Fürchte Dich nicht vor denen, die nur den Leib tödten können".

Juliane.

Wie paßt das hier?

August.

Drehen Sie das Wort um, dann paßt es: „Traue nicht denen, die nur dem Leibe helfen können". Alle diese Gesetze, Einrichtungen und so weiter und so weiter sorgen nur für den Leib der Armen: daß sie nicht hungern und dursten; ist ja ganz gut, aber damit ist es nicht abgethan. Helft ihren Seelen! Und das kann nicht das Gesetz und nicht der Staat, das können nur wir, die Einzelnen, die Menschen! Dazu müssen wir aufhören, Pharisäer zu sein.

Juliane.

Was verstehen Sie darunter?

August.

Einen Menschen, der nur auswendig gelernte Pflichten kennt, aber keine empfundenen. Wir müssen diese grausame Feigheit endlich einmal überwinden, die uns den Schauder über die ästhe= tische Haut jagt, wenn wir mit diesen Leuten zusammen kommen, müssen es endlich einmal aufgeben, sie immer unter uns und uns immer über ihnen zu empfinden; mit ihnen müssen wir sein und leben, nicht nur in der Theorie, sondern in That und Wirklichkeit.

Juliane.

Sind Sie denn aber auch sicher, daß sie mit uns würden leben wollen?

August (spöttisch lächelnd).

Gute Juliane —

Juliane.

Ich glaube, ich habe auch einmal gelesen: „wer zu frei= gebig schenkt, macht nicht reich, sondern arm."

August.

Die Sache ist nur, daß wir ihnen gar nichts schenken, sondern von ihnen geschenkt bekommen.

Juliane.

Wie —?

Auguſt.

Sehen Sie, dieſe Leute ſind für uns, was die ſogenannten Barbaren für die alte Welt waren. Es war den Römern ſehr unbequem, als die Barbaren Rom eroberten und kurz und klein machten — und wenn es nicht geſchehen wäre, gäbe es gar keine Menſchheit mehr. Unſere Cultur iſt alt geworden, denn wir haben keine neuen Ziele mehr, wir wollen blos noch erhalten. Und wenn eine Cultur alt wird, muß ſie erobert werden von denen, die jung ſind, damit ſie friſches Blut in die Adern bekommt; und dieſe Leute ſind jung, denn ſie haben Ziele, die ſie erreichen wollen.

Juliane.

Alſo müſſen auch wir „kurz und klein" gemacht werden?

Auguſt.

Ja, wenn wir nicht freiwillig zu ihnen kommen. Das iſt's ja eben, was ich ſage. Freiwillig müſſen wir unſer Blut mit dem ihrigen vermengen — freiwillig — ja, das iſt's — (er verſinkt plötzlich in Gedanken) ja — ja — ja — das Blut — vermengen —

Juliane
(nach einer Pauſe, während der ſie ihn aufmerkſam, beinahe ängſtlich beobachtet hat).

Was beſchäftigt Sie?

Auguſt (fährt auf, wendet ſich haſtig zum Abgehen).

Nichts, nichts — adieu. (Er drückt ihr die Hand.)

Juliane (hält ihn an der Hand).

Das ängſtigt mich faſt.

Auguſt
(läßt ſeine Hand in der ihrigen, ſteht geſenkten Hauptes, ſagt halblaut).

Seh'n Sie — ſolch' ein Menſch — nicht zwanzig Jahre alt — glauben Sie noch nicht, daß der Baum wurmſtichig iſt, an dem ſolche Früchte wachſen?

Juliane.

Sprechen Sie — von Ihrem Bruder?

August

(hat die Hand aus ihrer Hand genommen; unwillkürlich ballt sich seine Faust).

Aber — wenn ich dächte — daß er mir das Kind verdürbe —

Juliane.

August — ich habe Ihnen das von Ihrem Bruder erzählt, nicht um zu klatschen — August, es wird Zeit, daß wir ernsthaft darüber reden; warum halten Sie ihn mit Gewalt in der Fabrik fest?

August.

Unser Vater hat mich zu seinem Vormund gemacht.

Juliane.

Das weiß ich ja.

August.

Und ich habe unserem Vater versprochen, daß seine Söhne lernen sollen, auf eigenen Füßen zu stehen.

Juliane.

Aber es ist ja ganz klar, daß ihm das Leben hier nicht gefällt.

August.

Wenn er mündig ist, kann er thun, was er will, bis dahin bleibt er hier.

Juliane.

Naturen lassen sich doch aber nicht zwingen.

August.

Wenn seine Natur so elend ist, daß er die Freiheit nicht versteht, so soll er es lernen; und wenn es sein muß, mit Gewalt.   (Er wendet sich kurz und geht in's Haus ab.)

Juliane (ruft ihm nach).

Ob Sie es nicht noch — (sie bleibt rathlos stehen, blickt nach der Gitterthür). Da kommt sie mit der Mutter! (Sie geht eilend in's Haus ab.)

Siebenter Auftritt.

Frau Schmalenbach (im Rollstuhl sitzend). **Lene, Paul Ilefeld** (schieben den Rollstuhl im schnellsten Tempo durch die Gitterthür herein).

Frau Schmalenbach
(hält sich mit den Händen an den Armlehnen).

Nich zu doll, Kinder, man nich zu doll.

(Sobald der Wagen am Eingange des Gartens ist, verlangsamt sich die Bewegung.)

Lene.

Das is Herr Ilefeld, Mutter, der so schiebt. Herr Ilefeld, Sie schmeißen mir heilig noch Mutter'n vom Wagen.

Ilefeld.

Da sei'n Sie man janz unbesorgt, Fräulein Schmalenbach; so wat passirt 'nem Büttgesellen nich. Ja, wenn ick so'n ordinärer Maschinen-Mops wäre — aber so —

(Sie haben den Wagen jetzt zum Stillstand gebracht.)

Lene.

Na, Mutter, wat sagst'e nu dazu? Eine feine Eklipage? Hem?

Ilefeld.

Zwei Pferde davor, und was for welche!

Frau Schmalenbach.

Jott, Kinder, ich bin janz dammlich geworden von das schnelle Gefahre.

Ilefeld.

Das kommt davon, weil Ihnen die Sonne hier uff'n Kopp brennt; fassen Sie an, Fräulein Schmalenbach, wir fahren Mutter'n in den Schatten.

Lene.

Rin in den Schatten!

(Beide schieben den Wagen mit Frau Schmalenbach unter das Gebüsch.)

Frau Schmalenbach

Hier is es schön — hier is es wundervoll schön.

Ilefeld
(schiebt Lene einen Gartenstuhl hin).

Darf ick Ihnen einen Fauteuil anbieten, Fräulein Schmalenbach?

Lene.
Immer jalant, Herr Ilefeld.

Ilefeld.
Liegt bei uns Büttgesellen so drin. Aber wissen Sie was? Wenn's Geschäft hier nich mehr jeht, denn können wir zwei beide uns vermiethen als Trabrenner nach Weißensee.

Lene.
Ach so — Sie wollen mir eine Laufbahn vorschreiben?

Ilefeld.
Meinen Sie nich, daß wir zwei janz jut zusammen einen Strang ziehen könnten?

Lene.
Aber, Trab, Herr Ilefeld? Sie bringen Einen ja doch immer auf'n Galopp.

Ilefeld.
Das bringt die Handtierung so mit sich; ein Büttgeselle, das muß ein flinker Kerl sein. Wat meenen denn Sie dazu, Frau Schmalenbachen?

Frau Schmalenbach.
Zu was?

Ilefeld (etwas verlegen).
Na — so im Alljemeinen — und insbesondere — was ick da vorhin sagte?

Lene.
Ach Jott, Herr Ilefeld, Sie sagen aber so mancherlei; das müssen Sie Mutter'n ein bischen deutlicher machen, sonst find't sie sich nich zurecht.

Frau Schmalenbach.

Na weeßte Du, so auf'n Kopp gefallen bin ich nu jrade auch nicht und auf die Ohren pflege ich auch nich zu sitzen. Ich hab's janz gut gehört, daß Herr Ilefeld sehr eine hohe Anschauung von einem Büttgesellen hat.

Ilefeld.

Des ist wahr. Wenn ick kein Büttgeselle wäre —

Frau Schmalenbach.

Denn —?

Ilefeld.

Na — denn möchte ick einer sein.

Lene.

Siehste, Mutter?

Frau Schmalenbach.

Wat soll ich denn seh'n? Das hatte ich ja schon gehört.

Lene.

Ja — na aber — es is doch auch wahr.

Frau Schmalenbach.

Was is wahr?

Lene.

Ein Büttgeselle — das is doch auch was — das — (sie kichert) na, ich will man lieber nichts mehr sagen.

Frau Schmalenbach.

Sei Du man auch stille.

Ilefeld.

Ne, aber warum denn, wenn's doch die Wahrheit is? Seh'n Sie mal, Frau Schmalenbachen, so an die Maschine steh'n und die Kurbel dreh'n — das kann doch ein Jeder. —

Lene.

Das kann ein Jeder.

Ilefeld.

Und so ein bißken aufpassen, und denn die Bogen von die Maschine nehmen — das is wol auch nich so was besonders.

Lene.

Ne, Mutter, das mußt Du doch zugeben.

Ilefeld.

Hinjejen aber — wenn man so vor die Bütte steht und mit die Schöpf=Form hineinlangen soll in die Bütte und soll die Masse auf die Form bringen — na — da hilft einem keene Maschine nich — dazu da braucht man seine leibhaftigen Hände.

Lene.

Ja, Mutter, das mußt Du doch auch zugeben?

Ilefeld.

Das is eine schöpferische Thätigkeit und dadrum nennt man den Büttgesellen einen Schöpfer, und auf dem Titel da bild' ich mir was ein, das is ein schöner Titel.

Lene.

Ja, Mutter, da kann doch Herr Ilefeld auch stolz darauf sein.

Frau Schmalenbach.

Na ja — es is schon gut.

Ilefeld.

Und seh'n Sie, wenn nu alsdann der Herr kommt und sagt, Paul Ilefeld sagt er, heute müssen wir Papier machen von die und die Stärke, und es muß jenau so dick sein, auf's Haar, und nich ein bißken dicker oder dünner, und jeder Bogen akkurat wie der andere — na sehn Sie, Frau Schmalenbachen, das is denn jar nich so leicht, wie sich das anhört. Denn heißt es, die Masse auf die Schöpf=Form hin= und herschwappern, bis daß sie sich janz jenau und ejal vertheilt — dazu gehört eine sichere Hand, aber sehr — und ville Uebung, aber sehr, — und wer in 'ne Sache Uebung haben will, der muß fleißig jewesen sind — aber sehr —

Lene.

Siehſte, Mutter, das is nu doch wieder wahr?

Frau Schmalenbach.

Laß Du man jut ſein, hab' ick Dir jeſagt.

Ilefeld.

Und wenn der Herr denn ſagt, Paul Ilefeld, ſagt er, es
is wichtig mit der Sache, denn es is eine Beſtellung vom Staat,
indem daß von das Papier, was wir heute machen, Papierjeld
ſoll gemacht werden — und wenn das Papier jut wird, denn
kriejen wir ooch künftig Beſtellungen und können ville verdienen,
hinjejen aber, wenn's nich jut wird, na, denn is es mit die
Beſtellungen niſcht —

Lene.

Nu hör' doch man, Mutter, Herr Ilefeld macht Papierjeld!

Ilefeld.

Na, Fräulein, das müſſen Sie nu richtig verſteh'n: was ſo
das Jeld ſelbſt is, da muß ja nu erſt druffjedruckt werden:
fufzig Mark, oder hundert Mark, oder wieviel daß es nu is,
das beſorgen ja natürlich die Andern — aber was das Papier
is, worauf ſie drucken — des is wahr, das mache ick.

Lene.

Aber Herr Ilefeld, denn ſind Sie ja ein furchtbar wichtiger
Mann?

Ilefeld.

Na — wie man es nu eben nimmt. Aber wat ick ſagen
wollte, ſeh'n Sie, wenn der Herr nu fragt: trauen Sie ſich's
zu, Paul Ilefeld? Wird's jut werden? Und wenn man ſich
deſſen nu bewußt is, daß es keine Kleinigkeit nich is, ſondern
eine verdeibelt jroße Aufjabe, und wenn man denn aber weiß,
daß man's kann und mit juten Gewiſſen ſagen kann: ja, Herr
Aujuſt, des will ick ſchon beſorgen — und es ſoll unſere Fabrike
keine Schande nich machen, ſondern im Jejentheil — ſehn Sie,
das — das is was — da kann man —

Lene.
(sieht ihn mit leuchtenden Augen an, schlägt in die Hände).

Das is famos! famos!

Achter Auftritt.

Ale Schmalenbach (ist während des letzten von außen an die Gitterthür gekommen, steht dort, mit dem Rücken an den Pfeiler gelehnt, eine Tabakpfeife zwischen den Zähnen hängend).

Ale.

Nanu? Wem wird denn da bravo geklatscht!

Ilefeld (leise zu Lene).

Nu kommt Lumpen-Onkel.

Frau Schmalenbach.

Herrn Ilefeld; wem denn sonst?

Ale (kommt langsam näher).

So — —?

Lene.

Weil er doch ein Büttgeselle is?

Ale.

Darum bravo? Is das so was Apartes?

Lene.

Ein Büttgesell is ein Schöpfer!

Ale.

Was denn sonst noch?

Lene.

Das werden Sie doch wohl wissen, Onkel Ale, daß er das is.

Frau Schmalenbach.

Na weeßt Du, Mädchen, Dir hat aber Herr Ilefeld schon jehörig in Galopp gebracht, wie mir scheint.

Lene.

Aber Mutter, man wird doch vergnügt sein dürfen?

Ale.

Vergnügt? Warum denn?

Ilefeld.

Mit Erküse, Herr Schmalenbach, warum denn nich vergnügt?

Ale.

Warum? (Er grunzt etwas vor sich hin). Was das nu wieder for ene Frage is.

Ilefeld.

Ick meene man, wenn jemand nich zufrieden is, na, denn muß er doch 'nen Jrund haben, worum daß er's nich is?

Ale (zwischen den Zähnen murmelnd).

Dämlicher Jelbschnabel.

Ilefeld (halblaut, für sich).

Oller Lumpen=Mantscher.

Ale.

Vergnügt — bei die Zeiten — und bei die Verhältnisse und — und die Lage der Arbeiter — na, ick sage man blos —
(Er nimmt die Pfeife aus den Zähnen und spuckt aus.)

Lene (steht auf).

Aber Onkel — hier in den herrschaftlichen Garten —
(Sie schaufelt mit dem Fuße Sand über den Auswurf.)

Ale.

Ach so — na ja, freilich — man is ja blos en Arbeiter.

Lene.

Na? Es is wol etwa nich recht von den Herrn, daß er Muttern erlaubt hat, sich hier 'reinzusetzen in den Jarten?

Ale.

Na ja — is ja schon jut.

Jlefeld.

Wenn ick man blos wüßte, Herr Schmalenbach, wat Ihnen die Zeiten gethan haben?

Ale.

Wat mir — die Zeiten gethan haben.

Jlefeld.

Und wat Sie von die Verhältnisse wollen? Es jeht uns doch hier wahrhaftig nich schlecht.

Ale.

Na — jeder muß ja wissen, wieviel daß er werth is.

Jlefeld.

Det stimmt.

Ale.

So —? Stimmt det?

Jlefeld.

Ick weeß, daß wenn ick mir dran halte, ick für den Tag meine sechs Mark verdienen kann. So viel also bin ick werth.

Frau Schmalenbach.

Nu sagen Sie mal, Herr Jlefeld? Sechs Mark?

Jlefeld.

Frau Schmalenbachen, das will ick Sie vorrechnen: For een Rieß krieg' ick eene Mark, und wenn ick im Zuge bin, schaff' ick auf'n Tag sechs Rieß.

Lene (klatscht in die Hände).

Herr Jlefeld! Das is ja aber janz riesig!

Jlefeld (mit einem leuchtenden Blick auf Lene).

Und das kann ich Sie sagen: so wie jetzt, bin ick überhaupt noch nie im Zuge gewesen!

Lene
(erwidert seinen Blick, steckt den Zipfel ihrer Schürze in den Mund und kichert vor sich hin).

Ale

(hat die Hände in die Hosentaschen gesteckt und ist wüthend auf und ab gegangen).

Und das kann ich Sie sagen, Herr Jsefeld — Sie — Sie sind überhaupt noch ville zu jung.

Jsefeld.

Zu was?

Ale.

Zu was — wat Sie jelernt haben, wissen Sie, das habe ich schon lange wieder vergessen!

Jsefeld.

Das wäre schade, Herr Schmalenbach.

Ale.

Selber schade! (Er holt aus der Rocktasche ein Zeitungsblatt hervor.) Sie lesen ja nich mal die Zeitung nich!

Jsefeld.

Wenn man hinter seine Arbeit her is, denn hat man dazu schlecht Zeit.

Ale.

Wie soll man sich denn da überhaupt mit Sie unterhalten können?

Jsefeld.

Ick hab Sie ja jar nich dazu invitirt, Herr Schmalenbach.

Ale.

Sonst würden Sie wissen, wie die Zeiten sind, und wie die Verhältnisse sind und — und die Lage der Arbeiter — aber von dem allen verstehen Sie ja rein nischt!

Jsefeld.

Aber mein Handwerk versteh' ick; das kann ick Sie versichern.

Ale.

Das verstehen Andre auch.

Ilefeld.

Möglich; aber es jiebt heut' unter die Arbeiter sehr ville, die viel besser in die Zeitung Bescheid wissen als in ihr Handwerk.

Ale.

So? Meenen Sie?

Ilefeld.

Ne, des weeß ich.

Ale.

Allens quatsch.

Ilefeld.

Und jrade die, die mit's Maul am mehrsten vorneweg sind, die sind gewöhnlich bei de Arbeit am mehrsten dahinten.

Ale.

Und wer immer zufrieden is, der is wie'n Jaul vor'n Sand= karren; wenn man dem Stroh hinschmeißt und sagt: „es ist Hafer", er frißt es und jlobt's.

Ilefeld.

Und wer immer nur schimpft, und nich weeß, warum, daß er schimpft, der is wie'n Esel, der immer Jah schreit, blos weil er nischt anderes weeß.

Ale.

Aber so is es mit die Handarbeiter! Das hält sich immer für janz was Extraordinäres, das hat keenen Kohrbespri!

Ilefeld.

Ich arbeite in eine Fabrike, und die Fabrike die ernährt mir, und darum arbeete ich for die Fabrike so gut als ich es verstehe, und das is mein Espri.

Ale.

Und bet kann ich man sagen: die Jedanken, die Sie sich aus Ihre Bütte geschöpft haben, det sind faule Jedanken.

Ilefeld.

Und die Jedanken, die Sie sich aus Ihre Lumpen zusammen-
sortirt haben, des sind muffige Gedanken.

Lene

(steht auf, geht zu Ilefeld und sagt leise, mit unterdrücktem Lachen).

Jott, Paul, sind Sie doch man stille; der kriegt ja noch die
Krepanze vor Wuth.

Ilefeld (ebenso zu Lene).

Laffen Sie man, der is wie 'ne Lokomotive, das muß immer
pfauchen und spucken. (Eine Glocke läutet hinter der Scene.) Nanu jeht's
an die Arbeit — Fräulein Schmalenbachen, kommen Sie mit?

Lene.

Ja, ick komme mit.

Frau Schmalenbach.

Aber Mädchen, Du haft ja jar nichts zu suchen — in de
Fabrike? Du sollst ja im Haus aufwarten?

Lene (kichernd zu Ilefeld, in deffen Arm fie sich gehängt hat).

Jott, Paul, was sage ich denn nu rasch?

Ilefeld.

Wiffen Sie, Frau Schmalenbachen, fie kommt jleich nachher
retur; es is nur, weil da eine Neue in die Fabrike jekommen is,
und der soll fie zeigen, wie man das macht, daß man die Bogen
auf die Leine hängt.

Lene (drückt Ilefeld's Arm).

Ja, siehste, Mutter, dazu is es.

Frau Schmalenbach.

Daß Du mir nur bald retur kommst; mehr sage ich nich.

Ilefeld.

Krene Sorge, Frau Schmalenbachen, und adjes och.

39

Lene (huscht rasch zur Mutter, küßt sie).

Abjes, Mutter — (sie knixt lachend gegen Ale) abjes, Onkel Ale!
(Ilefeld, Lene am Arme, geht mit ihr durch die Gitterthür ab; sie flüstern, kichern, drücken sich Arm an Arm.)

Ale (sieht ihnen nach).

Na nu? Die zwee Beeden?

Frau Schmalenbach.

Ja, die Zwee. — Was hat Ihnen der Mann eigentlich gethan?

Ale (grunzt etwas Unverständliches).

Frau Schmalenbach.

Was sagten Sie?

Ale.

Eigentlich weeß ick das selber nich — aber — er is immer so vergnügt.

Frau Schmalenbach.

Das is doch kein Malör.

Ale.

Ick kann nu einmal die vergnügten Menschen nich leiden.

Frau Schmalenbach.

Das is doch aber nich recht?

Ale.

Ach was; dem jeht's immer so jut. Aber als wie ick — immer mit die ollen Lumpen — des is so 'ne schmierige Jeschichte, seh'n Sie — immer sortiren und nischt als sortiren — ob Leinewand oder Boomwolle — da schrumpelt man schließlich ein wie so'n oller Lappen Boomwolle (geht brummend auf und ab) — na nu werd' ick man jeh'n — es wird Zeit — mo'jen.

Frau Schmalenbach.

Mo'jen.
(Ale geht langsam durch die Gitterthür ab.)

Neunter Auftritt.

Juliane (kommt aus dem Hause; sie arbeitet an einem Strickstrumpfe).

Juliane.

Na, Mutter Schmalenbach? Wie geht's?

Frau Schmalenbach.

Danke für gütige Nachfrage, Fräulein, es könnte ja noch schlechter sein.

Juliane (zieht einen Stuhl heran, setzt sich).

Schönes Plätzchen hier zum Sitzen? Hm?

Frau Schmalenbach.

Ja, unser Herr is jut — der is jut.

Juliane (mit halber Stimme).

Ja — fühlen Sie das?

Frau Schmalenbach.

Wer sollte so etwas nich fühlen? Es is was seltnes.

Juliane (wie vorhin).

Nicht wahr?

(Pause.)

Frau Schmalenbach.

Ueber eins wundre ich mir nur —

Juliane.

Nun?

Frau Schmalenbach.

Ob er nich mal heirathen wird?

Juliane (senkt das Haupt tief herab).

Hm —

Frau Schmalenbach.

So ein Mann sollte ich meinen, müßte eine Frau doch recht jlücklich machen können.

Juliane

(tief gesenkten Hauptes, strickt eifrig weiter, ohne einen Laut von sich zu geben).
(Pause.)

Frau Schmalenbach.

Meinen Sie nich?

Juliane (murmelt halblaut).

Wohl möglich —

(Pause.)

Juliane (richtet das Haupt auf).

Aber — da wir dabei sind — man sieht ja jetzt die Lene so viel mit Ilefeld zusammen?

Frau Schmalenbach.

Ja, sie hat's mit ihm.

Juliane.

Na?

Frau Schmalenbach.

Wieso?

Juliane.

Gefällt Ihnen der Mann nicht?

Frau Schmalenbach.

I nu — warum nich?

Juliane.

Er ist der beste Arbeiter in der Fabrik.

Frau Schmalenbach.

Ja ja —

Juliane.

Verdient ein tüchtiges Stück Geld.

Frau Schmalenbach.

Ob's denn wahr is, daß er es bis auf sechs Mark an einem Tage bringt?

Juliane.

Ja, das ist wahr. Und die Lene scheint also auch nichts gegen ihn zu haben?

Frau Schmalenbach.

Na die — die hat sich ja wohl schon so in ihn verkuckt, daß sie ja nich mehr 'rausfindet.

Juliane.

Na aber dann —

Frau Schmalenbach.

Sie meinen —

Juliane.

Worauf wird denn gewartet?

Frau Schmalenbach.

Nu mein Je, so eilt die Jeschichte doch nich?

Juliane.

Wenn die jungen Leute sich mögen und ihr Auskommen haben —

Frau Schmalenbach.

Jott — ich würde ja wol nischt dawider haben.

Juliane.

Aber dann sollten Sie doch dazu thun, daß aus der Sache etwas wird; wirklich — ich meine — Sie sollten dazu thun.

Frau Schmalenbach.

Nu ja — nu ja.

Juliane.

Denn sehen Sie — ein hübsches junges Mädchen — und die vielen jungen Männer, die in solcher Fabrik sind —

Zehnter Auftritt.

Hermann (eine Cigarre im Munde, ist während der letzten Worte in der Hausthür erschienen und daselbst stehen geblieben).

Frau Schmalenbach
(zu Juliane, die Hermann nicht bemerkt hat, auf diesen deutend).

Sie, Fräulein, da kommt der junge Herr. (Juliane, beinah erschreckend, blickt um.)

Hermann
(ohne seine Stellung zu verändern).

Unterbrechen Sie doch nicht, Frau Schmalenbach; jetzt kommen die jungen Männer dran; da hätte man gewiß was lernen können.

Juliane
(nimmt voller Verwirrung ihre Strickerei wieder auf).

Ach — Sie —

Hermann (kommt die Stufen herab).

Was ich Ihnen sage, Frau Schmalenbach, es wird in der Welt nicht eher besser, bis nicht die jungen Männer gleich dreißig Jahre alt geboren werden.

Frau Schmalenbach.

Reden Sie man, junger Herr, was das Fräulein sagt, is schon an dem.

Hermann.

Na natürlich. Aber wissen Sie, jetzt werden Menagerien gebaut, da werden die jungen Männer 'reingesteckt, hinter's Gitter, wie die wilden Thiere im Zoologischen Garten; alle Sonntage werden die jungen Mädchen hingeführt und dürfen sie sich anseh'n.

Frau Schmalenbach (schallend lachend).

Was Sie aber für Ideen aushecken, junger Herr!

Hermann.

An jeden Käfig wird 'ne Tafel gehängt: „Futtern ist erlaubt, aber nicht anfassen —"

Frau Schmalenbach.

Aber nich anfaſſen — hahaha —

Hermann.

„Und nicht mitnehmen!"

Frau Schmalenbach.

Und nich mitnehmen — hahaha!

Juliane.

Aber Hermann —

Hermann.

Was befehlen Sie, Fräulein Couſine?

Juliane.

Sie wiſſen, daß ich Ihnen nichts zu befehlen habe, ich — wund're mich nur, daß man Sie jetzt hier findet.

Hermann.

Sie meinen, ſtatt im Comtor? Können mir glauben, hier iſt's hübſcher!

Juliane.

Aber — es iſt doch Arbeitszeit?

Hermann.

Besorgt ja alles mein Bruder (ſingend): „ſo wunderſchön, ſo wunderſchön!"

Juliane (erhebt ſich raſch).

Das begreife ich aber wirklich nicht, wie man ſich wohl fühlen kann, wenn man unter lauter arbeitenden Menſchen der einzige iſt, der nichts thut.

Hermann.

Frau Schmalenbach, hier werden Leviten gelesen; nu fahre ich Sie hinter's Gebüſch. (Er faßt den Rollwagen und ſchiebt Frau Schmalenbach hinter ein Gebüſch zur Seite, kommt zurück.)

Juliane.

Sagen Sie mir nur, was soll aus alle dem werden?

Hermann.

Was aus alle dem werden soll, ist mir, unter uns gesagt, höchst Wurscht; fragen Sie lieber meinen cher frère, was aus mir werden soll.

Juliane.

Das kann ich Ihnen statt seiner sagen.

Hermann.

Nämlich?

Juliane.

Ein ordentlicher Mensch.

Hermann.

Ein Arbeitervater, nicht wahr? Wie „unser Herr August?"

Juliane.

Das verlangt Niemand von Ihnen.

Hermann.

Wäre vielleicht noch gar nicht das Dümmste. Schlagen Sie ihm vor, wir wollen die Arbeit theilen; er sorgt für die Arbeiter, ich übernehme die Arbeiterinnen, heißt das, die hübschen und jungen.

Juliane.

Solche Späße —

Hermann.

Ach was! Man soll den Menschen auf seine Façon ordent= lich werden lassen. Wer giebt ihm das Recht, mich in dem verräucherten Nest hier festzuhalten?

Juliane.

Er ist Ihr Vormund.

Hermann

(wirft sich mit einem schweren Seufzer auf den Stuhl).

Ja — das weiß ich.

Juliane.

Und er hat Ihrem Vater versprochen, Sie dahin zu bringen, daß Sie durch eigenen Erwerb auf eigenen Füßen stehen können.

Hermann.

Da fällt mir ein, was ich Sie schon immer mal fragen wollte: Haben Sie meinen Vater gekannt?

Juliane.

Allerdings.

Hermann.

Ich kann mich nicht mehr recht auf ihn besinnen.

Juliane.

Sie waren doch schon zehn Jahre alt, als er starb?

Hermann.

Na ja — wie er aussah, wohl; aber ich meine — wie er war.

Juliane.

Seine Natur?

Hermann.

Nennen wir's also so; war er so in der Art von August?

Juliane.

Ja, so weit ich mich erinnere, bis in die kleinste Eigenschaft.

Hermann (zeichnet mit dem Fuße in den Sand).

Hm — das habe ich mir gedacht.

Juliane.

Warum?

Hermann (springt auf, schleudert die Cigarre fort).

Wissen Sie, dann ist's mir eigentlich lieb, daß ich ihn nicht genauer mehr gekannt habe!

Juliane.

Weshalb? Um Gotteswillen.

Hermann.

Er nahm den Abschied nicht wahr, weil er sich mit seinen Vorgesetzten nicht vertragen konnte?

Juliane.

So hörte ich.

Hermann.

Na, seh'n Sie, ich muß Ihnen gesteh'n: wenn ich sein Vorgesetzter gewesen wäre — ich — hätte mich wahrscheinlich auch nicht mit ihm vertragen.

Juliane.

Wissen Sie denn auch, was Sie sagen?

Hermann.

Ja.

Juliane.

Aber — das ist ja abscheulich! Solcher Mangel an Pietät!

Hermann.

Ach hol' der Deibel die Pietät, wenn sie Einem das Leben ruinirt! Ich passe nicht für die Fabrik, und wenn mein Bruder das nicht einsieht, kann er mir leid thun! Und wenn mein Vater das für mich bestimmt hat, dann hat er mir das Leben vorweg genommen, und — dazu hatte er kein Recht, mein Leben gehört mir!

Juliane (sitzt, wie betäubt, auf dem Stuhle).

Wozu meinen Sie denn aber, daß Sie sonst passen würden?

Hermann.

Zunächst nur von hier 'raus — alles übrige wird sich finden.

Juliane.

Vielleicht — als Beamter?

Hermann.

Warum nicht?

Juliane.

Aber — als Beamter müßten Sie doch auch arbeiten? Erst recht arbeiten?

Hermann
(bleibt vor ihr stehn, verbeugt sich höhnisch).

Danke für das Compliment.

Juliane.

Wieso?

Hermann.

Weil ich nicht in der Art arbeiten will, die mein Herr Bruder mir dictirt, darum bin ich ein Faulpelz überhaupt? Nicht wahr? Das macht mich eben so wüthend: gegen den letzten Schmierfinken in seiner Fabrik fließt er über von Wohlwollen und Toleranz, und gegen mich ist er intolerant wie — wie —

Juliane.

Hermann — Hermann —

Hermann.

Zum Donnerwetter ja! Es ist auch wahr! Haben denn heutzutage blos noch die Arbeiter ein Recht, daß man nach ihren Bedürfnissen fragt? Ich bin auch von Fleisch und Blut und habe zu verlangen, was jeder Mensch zu verlangen hat!

Juliane.

Bitte, bleiben Sie doch ruhig. Es macht mich ja so glücklich, daß Sie gegen Arbeit an sich nichts haben.

Hermann.

Lassen Sie mich nur 'raus, sag' ich, dann sollen Sie seh'n!

Juliane.

Ich möchte Ihnen einen Vorschlag machen.

Hermann.

Nämlich?

Juliane.

Sie sind noch so jung. Sie haben immer noch Zeit, zu werden, was Sie wollen; heutzutage, glaub' ich, schadet es keinem Beamten, wenn er das Leben kennen gelernt hat, bevor er in seine Laufbahn kommt; es ist viel gesünder, als wenn er am grünen Tisch aufwächst.

Hermann.

Am „grünen Tisch"? Sie sprechen ja wie ein Geheimrath?

Juliane.

Hier lernen Sie Arbeiter-Verhältnisse kennen; wenn Sie mündig sind, können Sie thun, was Sie wollen; bis dahin dauert es ja nicht mehr lange.

Hermann.

Noch zwei Jahre.

Juliane.

Das ist doch aber nicht die Ewigkeit? Halten Sie so lange aus.

Hermann.

Ein Kriegsjahr gleich zwei Jahr, ein Jahr Langeweile gleich zwei Jahr Kriegsjahr.

Juliane.

Sie sollen sich aber nicht langweilen, Sie sollen die Augen aufmachen und lernen.

Hermann.

Das war also der große Vorschlag?

Juliane (seufzend).

Er scheint auf Sie keinen großen Eindruck gemacht zu haben.

Hermann.

Sagen Sie das nicht. Die Augen aufmachen — ganz mein Fall!

Elfter Auftritt.
Vorige. Lene (kommt durch die Gitterthür zurück).

Hermann (zu Juliane).

Haben Sie, zum Beiſpiel, ſchon gewußt, daß wir Hauben= lerchen im Hauſe haben? Hier ſtell' ich Ihnen eine vor. (Er vertritt Lene den Weg.) Wohin, Lene?

Lene (ſieht ſich ſuchend um).

Ich ſuche — wo is denn Mutter geblieben?

Hermann.

Ja, wo is Mutter geblieben? Herrgott, Mutter iſt ver= loren gegangen!

Lene.

Sie werden ſchon wiſſen, wo daß ſie iſt.
(Sie will an ihm vorüber, er breitet die Arme aus und verwehrt ihr den Durchgang.)

Hermann.

Ich will's Dir ſagen: Mutter iſt ein Oſterei geworden und hat ſich verſteckt; ich helfe Dir ſuchen.

Lene.

Is nich vonnöthen.

Hermann.

Iſt wohl nöthig. (Er geht auf ſie zu.) Aber Finderlohn muß ich haben —

Lene
(weicht ihm aus, er verfolgt ſie).

Finderlohn?

Hermann.

Was bekomm' ich als Finderlohn? (Er hat ſie ergriffen, fängt ſie in ſeine Arme, verſucht, ſie zu küſſen.)

4*

Lene
(sträubt sich kreischend und lachend).

Ne, ne, ne!

Hermann.

Ja, ja, ja!

Zwölfter Auftritt.

Vorige. August.

August
(erscheint in der Hausthür, gewahrt den Vorgang, ruft).

Hermann!!

(Hermann läßt Lene fahren und wendet sich unwillkürlich, Lene fährt erschrocken zurück, Juliane steht angstvoll, auf August blickend; Pause.)

August (mit heiserer Stimme).

Helene — ich bitte Sie um Entschuldigung.

Lene
(sieht ihn mit großen nichtverstehenden Augen an).

Aber —

August.

Bitte Sie um Entschuldigung — für die — Unanständig-
keiten, die sich mein Bruder —

Hermann (fährt auf).

Das ist doch aber —

August.

Für die Pöbelhaftigkeiten, die sich mein Bruder gegen Sie
erlaubt hat.

Hermann
(will etwas erwidern, verschluckt es, zuckt demonstrativ die Achseln und geht pfeifend
auf und ab).

Juliane (zu August).

Ich beschwöre Sie, werden Sie nicht heftig.

August (etwas ruhiger, zu Lene).
Liebes Kind, bringen Sie Ihre Mutter nach Haus.

Lene (immer noch wie vorhin).
Aber — der junge Herr — hat's gewiß gar nich böse gemeint.

Hermann
(lacht kurz auf und setzt seine Bewegung fort).

August.
Bringen Sie sie jetzt nur hinüber, es ist besser.

Lene.
Ja — jawol. (Will rasch hinter das Gebüsch gehen, in diesem Augenblick kommt Frau Schmalenbach, die aus dem Wagen gestiegen ist, hinter dem Gebüsch hervor.)

August.
Nun? Nun? Was ist denn das?

Frau Schmalenbach.
Ach Jott, ick hab' mir so erschrocken — die paar Schritt' kann ich ja wol janz jut zu Fuße geh'n.

August.
Kein Gedanke — wo ist denn der Wagen? (Er tritt rasch hinter das Gebüsch, schiebt den leeren Wagen hervor.) Da — nun setzen Sie sich nur wieder hinein.

Frau Schmalenbach (setzt sich in den Wagen).
Aber — es jinge wirklich. —

August.
Und seien Sie ganz unbesorgt; es wird niemand Ihrer Tochter mehr zu nah treten und Sie erschrecken — das versprech' ich Ihnen, hören Sie? Das verspreche ich Ihnen. (Er schiebt den Wagen bis an die Gitterthür). So, Helene, nun können Sie weiterfahren.
(Lene tritt hinzu und legt die Hand an den Wagen.)

Frau Schmalenbach.

Ich danke och schön.

(Lene schiebt den Wagen mit der Mutter hinaus und verschwindet. August sieht ihnen einen Augenblick nach, wendet sich dann zurück. Pause.)

August.

Ich dächte, es würde nun bald Zeit, daß Du Dein Pfeifen einstelltest.

Hermann (wüthend auffahrend).

Ich dächte, es würde nun bald Zeit, daß Du Dich er= innertest, daß ich kein dummer Junge mehr bin!

August.

Etwas viel Schlimmeres bist Du: ein sittenloser Mensch!

Hermann (zischt zwischen den Zähnen).

Moral=Fatzke.

Juliane.

Ich bitte Sie — ich bitte Sie, sprechen Brüder so mit= einander?

August.

Lassen Sie, Juliane, es wird Zeit, einmal Deutsch mit dem Herrn zu reden.

Hermann.

Ganz mein Fall. Darum endlich mal die geschwollenen Redensarten beiseit! Also — was ist eigentlich los? Was willst Du von mir?

August.

Arbeiten sollst Du.

Hermann.

Will ich auch; aber da, wo es mir paßt.

August.

Nein, da, wo Dein Leben Dich hingestellt hat und Deine Pflicht.

Hermann.

Keine geschwollenen Redensarten!

August.

Redensarten? Wenn ich von Pflicht spreche, das sind Redensarten?

Hermann.

Mein Leben wächst ganz wo anders, als hier, und Dein Belieben ist nicht meine Pflicht.

August.

Dein Vater hat Dir das Leben hier zur Pflicht gemacht.

Hermann.

Ja — in einem Anfall von übler Laune.

August.

Was?!

Hermann.

Allerdings!

(Sie stehen sich gegenüber.)

Juliane (tritt zwischen sie).

Hermann — Hermann —

Hermann (äfft ihren besorgten Ton nach).

Juliane — Juliane —

August.

Ich verbiete Dir solchen Ton gegen Deine Cousine.

Hermann.

Und ich verbitte mir den ewigen Schulmeisterton.

August.

Mit Aufwand seines ganzen Vermögens hat Papa diese Fabrik gegründet, um seinen Söhnen eine unabhängige Existenz zu sichern — bist Du so leer, daß Du keine Spur von Gefühl dafür hast?

Hermann.

Mir wär' es lieber gewesen, wenn er sich mit seinen Vorgesetzten vertragen hätte.

August.

Du — respektloser Gesell!

Hermann.

Du — Marquis Posa in Grün!

Juliane.

So etwas dürfen Sie nicht sagen, Hermann! Das ist empörend!

Hermann (lacht kurz auf).

August.

An wen verschwenden Sie denn Ihr Gefühl, Juliane? Da haben Sie eine Probe von dem, was man die vielgerühmte Bildung unserer Zeit nennt. Das überzieht die Menschen wie mit chinesischem Lack; auswendig alles glatt, so daß jede Empfindung daran herunterläuft, wie Wasser; unter den Firniß aber bringt keine Luft, darum bleibt inwendig alles unreif und roh wie saures grünes Obst.

Hermann (setzt sich, zündet eine neue Cigarre an).

Die Vorlesung scheint geräumig zu werden.

August.

Unfertig und überreif — ohne eine Ahnung von den Fragen der Zeit und dabei mit allen Fragen fertig — und das nennt sich die herrschende Klasse! Nein, die Welt ist reif geworden für ein anderes Geschlecht!

Hermann.

Für die Arbeiter.

August.

Für die, die noch suchen, die noch hoffen, die noch Menschen sind, weil sie wissen, daß ihre Zeit vor ihnen liegt! —

Hermann.

Glücklich wieder angelangt beim Leitmotiv. Die lieben, die guten, die unschuldsvollen Arbeiter!

August.

Sprich nicht in solchem Ton von Leuten, die Du ganz unfähig bist, zu begreifen.

Hermann.

Ich verstehe sie vermuthlich besser, als Du.

August (höhnisch lachend).

Du? Ja Du — (halblaut) Du Deckel über einem leeren Topf.

Hermann (halblaut).

Oeder Phantast!

Juliane (zu August).

Beendigen Sie das Gespräch — wenn ich Sie bitte — Sie sehen, daß es zu nichts führt.

August.

Ich bin noch nicht fertig. (Zu Hermann.) Deine Gedanken überlaß' ich Dir; sie werden an den Dingen nichts ändern; wenn es Dir aber wieder einfallen sollte, ihnen Ausdruck zu geben —

Hermann.

Etwas deutlicher, wenn ich bitten darf.

August.

Damit Du's also weißt: ich bin Herr im Haus und verbiete Dir, meinen Arbeiterinnen zu nahe zu treten.

Hermann.

Aha — ich wittre Morgenluft.

August.

Such' Dir in Berlin Deine Frauenzimmer; meine Arbeiterinnen sind für Deine Gelüste nicht da.

Hermann.

Schon wieder die geschwollenen Redensarten — wovon sprechen wir denn eigentlich?

August.

Davon, daß ich eben mit eigenen Augen gesehen habe, wie Du dem Mädchen Gewalt anthun wolltest.

Hermann.

Da hört doch aber wirklich die Naturgeschichte auf — Gewalt anthun — wenn man mit dem Mädchen einen Spaß macht.

August.

Diese Art von Späßen aber will ich nicht haben!

Hermann.

Frag' doch gefällig erst 'mal das Mädchen, ob sie 'was dawider hat.

August.

Und fühlst Du denn nicht —

Hermann.

Es ist ihr viel lieber, wenn ich ein bißchen nett mit ihr thue, als Deine ewige Ernst=Meierei.

August.

Das ist nicht wahr!

Hermann.

Lächerlich!

August.

Wenn sie Dich nicht abfertigt, wie Du es verdienst, so geschieht's, weil sie es nicht wagt; fühlst Du denn nicht, daß das ein nichtswürdiger Mißbrauch ist, den Du mit Deiner Stellung treibst? Fühlst Du denn nicht, daß Du dies Kind verdirbst?

Hermann.

Ach was, sie ist nicht von Marzipan und geht nicht gleich entzwei.

August.

Und Du verdirbst sie, sag' ich, wenn Du Deine wüste Ge=
sinnung in ihre reine Seele überträgst!

Hermann.

„Dies Kind" — „reine Seele" — was das alles wieder für
Redensarten sind! Wo laufen die Menschen denn eigentlich 'rum,
von denen Du sprichst? Ein festes, dralles Fabrikmädel ist es —
und damit basta.

August (fährt auf ihn los).

Das dulde ich nicht!

Hermann.

Was?

August.

Daß Du von ihr in diesem frechen, gemeinen Tone sprichst!

Juliane.

August —

Hermann.

Lassen Sie doch Cousine; Tugend und Grobheit sind be=
kanntlich Geschwister. Aber, weißt Du, tugendsamer Bruder,
wir gewöhnlichen Menschen von heutzutage sind Realisten, wir
glauben nicht mehr so recht an tugendsame Entrüstung.

August.

Was soll das?

Hermann.

Na ja — wir stehen ja, wie mir scheint, in der feierlichen
Stunde gegenseitiger Ehrlichkeit; und Deine Ehrlichkeit gegen
mich kann man schon eine hochgradige nennen; also, weißt Du,
wo all' der heilige Zorn herkommt, der Dich erfüllt? Aus
ganz simpler Eifersucht.

August
(starrt ihn wortlos mit großen Augen an).

Hermann.

Du bist in das Mädchen verschossen — oder wenn der Ausdruck Dir nicht „edel" genug ist, bis über beide Ohren verliebt, und darum ist es eine „Frechheit", eine „Gemeinheit" von mir, daß sie mir auch gefällt. Und siehst Du — das ist der Unterschied zwischen uns: ich kneife sie hier und da, wenn's Glück gut ist, in die Backen — und Du getraust Dich nicht an sie heran; und daher die Wuth.

(Dumpfe Pause. August steht regungslos, die Augen in die Leere gerichtet, dann streicht er sich langsam über die Stirn.)

August (langsam, heiser).

Ich — kann es Dir nicht ausdrücken — wie tief ich Dich in diesem Augenblick verachte. (Er wendet sich schweren Schrittes und geht in's Haus ab.)

Hermann.

Hahaha! Hahaha!

Juliane
(die August angstvoll mit den Blicken gefolgt ist, wendet sich zu Hermann).

Lachen Sie nicht, Hermann.

Hermann.

Warum soll ich denn nicht lachen?

Juliane.

Weil Sie selbst nicht ahnen, wie häßlich Ihr Lachen klingt!

(Vorhang fällt.)

———————

(Ende des ersten Aktes.)

Zweiter Akt.

(Ein Zimmer bei Frau Schmalenbach. Kleiner, reinlicher, einfacher Raum; ein Fenster im Hintergrund, ein Tisch in der Mitte, eine Thür rechts, eine Thür links. Neben der Thür rechts eine Kommode. Es ist Nachmittag.)

Erster Auftritt.

Frau Schmalenbach. Ale.

Frau Schmalenbach (sitzt in einem Armstuhl).

Ale

(die Pfeife im Munde, geht auf und ab, setzt sich, steht wieder auf; zeigt an seine Hüfte).

Hier sitzt es? Nich wahr?

Frau Schmalenbach (zeigt auf ihre Beine).

Ne — tiefer.

Ale.

Das kenn' ich, das is das Hüftweh — das werden Sie unter'n paar Jahren nich wieder los.

Frau Schmalenbach.

In bie Hüfte sitzt es ja nich; tiefer, in die Beene.

Ale.

In die Beene? Denn is es janz schlimm; das is das Reißen.

Frau Schmalenbach.

Was man so das Reißen nennt, is es wol eigentlich nich.

61

Ale.

Das thut schmählich weh — Sie werden was erleben.

Frau Schmalenbach.

Schmerzen habe ich keine.

Ale.

Meine Mutter ihre Schwester hat 'ne Freundin gehabt
und die hat das Reißen gehabt und wenn sie das gekriegt
hat, denn hat sie geschrieen wie ein Ochse.

Frau Schmalenbach.

Wenn's doch aber das Reißen jar nich is.

Ale.

Und das behalten Sie Ihr Leben lang, da können Sie
Jift drauf nehmen.

Frau Schmalenbach.

Jott, Ale, Sie hören ja gar nicht hin; blos schwer sind
mir die Beene.

Ale.

Schwer?

Frau Schmalenbach.

Aber wie Blei.

Ale.

Alles von dem Schreck?

Frau Schmalenbach.

Muß wol sein. Erst, wie ick mir so erschrocken habe, sind
mir die Beene janz fix geworden, daß ick habe aus dem Wagen
aufstehn können; und nachher aber, wie ich retur gekommen
bin, jrade als wie ein Klumpen bin ich hingefallen, und denn
is es so geblieben.

Ale.

Seh'n Sie, nu sind Sie anjeleimt.

Frau Schmalenbach.

Es wird ja wol mal wieder besser werden.

Ale.

Des jloben Sie man ja nich.

Frau Schmalenbach.

Jott, Ale, Sie machen dem Menschen aber och das Herz schwer.

Ale.

Wovon wollen Sie denn gesund werden? Wenn Sie Jeld hätten, na ja, denn könnten Sie sich eenen Arzt nehmen und in die Bäder fahren — aber so — for die Reichen, sehen Sie, is das Kranksein blos ein Verjnügen — aber unsereins — na, ich sage weiter nischt. (Spuckt aus.)

Frau Schmalenbach.

Aber, Ale — in die frisch gescheuerte Stube —

Ale.

Ach so — und so wüthig also is er jeworden?

Frau Schmalenbach.

Na, aber ich sage Ihnen — und nu dacht' ich doch erst, daß es wegen der Lene wäre —

Ale.

Die war's aber nich?

Frau Schmalenbach.

Ne, die hat er ja noch dazu um Entschuldigung gebeten.

Ale.

For was denn?

Frau Schmalenbach.

Das versteh' ick ja selbst nich; mit seinem Bruder hat er's jehabt.

63

Ale.

Das kömmt von die Naturen, wissen Sie; die Zwee haben verschiedene Naturen.

Frau Schmalenbach.

Das is auch man jut; denn was der Hermann is, das is doch eigentlich ein rechter Fahrebund.

Ale.

Des stimmt.

Frau Schmalenbach.

Wohingegen unser Herr Aujust — na, so Einen kann man suchen.

Ale.

Aber in einem Punkt sind sie sich jleich.

Frau Schmalenbach.

Wie denn so?

Ale.

Sie haben beide Jeld.

Frau Schmalenbach.

Das müssen Sie doch aber selber sagen, daß es ein seltener Mann is?

Ale (brummt vor sich hin).

Hat Jeld.

Frau Schmalenbach.

Was schad't denn das?

Ale.

Ich kann's nu 'mal nich leiden, wenn Menschen so viel Jeld haben.

Frau Schmalenbach.

Wenn er doch so viel Jutes mit dem Jelde thut?

Ale.

Keen Kunststück, wenn man's hat.

Frau Schmalenbach.

Na, wissen Sie, Ale, wenn Sie dem sein Feld hätten, ob Sie auch so für die Andren sorgen würden?

Ale.

Warum denn nich?

Frau Schmalenbach.

Na na —

Ale (ist an das Fenster getreten).

Sind Sie mal stille — da kommt er.

Frau Schmalenbach.

Der Herr August? Hierher?

Ale.

Sieht doch fast so aus — wahrhaftig —

Zweiter Auftritt.

August (kommt von rechts zu den Vorigen).

August.

Guten Abend, liebe Frau Schmalenbach.

Frau Schmalenbach.

Juten Abend, Herr Aujust.

August

(hat den Hut auf den Tisch gelegt, einen Stuhl zu Frau Schmalenbach herangerückt und sich darauf gesetzt).

Nur sich gar nicht bewegen — da ist ja Herr Schmalenbach auch?

Ale

(hat die Pfeife aus dem Munde genommen).

Aufzuwarten — soll ick vielleicht —? (Er macht Miene, zu gehen.)

August.

Bleiben Sie nur; das trifft sich gerade ganz gut. (Zu Frau Schmalenbach.) Na? es ist uns wohl heute früh ein bischen in die Beine gefahren?

Frau Schmalenbach.

Ach Jott ja —

Ale.

Ich hab't ihr schon jesagt, aber sie will's nicht glauben.

August.

Was?

Ale.

Daß das nu für's Leben so bleibt.

August.

Da hat Ihre Schwägerin sehr recht, daß sie Ihnen das nicht glauben will; das ist ja Unsinn. Sie müssen mir diesen Sommer eine ordentliche Kur gebrauchen.

Ale.

Na — ja — aber —

August.

Was?

Ale.

So 'ne Kur is ja was schönes — aber — ich meene man —

August.

Wenn ich sage, sie soll eine Kur gebrauchen, dann werde ich auch wohl wissen, wer die Kur bezahlt.

Frau Schmalenbach (ergreift seine Hand).

Herr Aujust — Sie sind jut!

August.

Nu — nu —

Frau Schmalenbach (hält seine Hand fest).

Herr Aujust — Sie sind jut, und das wird Jott noch mal an Ihnen lohnen.

August (sieht ihr in's Gesicht).

Ist das Ihr Ernst?

Frau Schmalenbach.

Wahr und wahrhaftig.

August (erhebt sich plötzlich).

Wissen Sie was? Sie sind eine reiche Frau.

Frau Schmalenbach (lächelnd).

Das jloben Sie aber selber nich.

August
(ist einmal durch das Zimmer gegangen, setzt sich wieder).

Sie haben — eine Tochter —

Ale.

Ja, eene Tochter, die hat sie.

August (zu Ale).

Sie sind ja wohl der Vormund?

Ale.

Heißt das — der eijentliche Vormund is die Mutter — und weil sie doch aber so ville krank is, bin ick zum Jejen=Vormund jemacht.

August.

Ja, ja — (zu Frau Schmalenbach) darüber wollte ich mit Ihnen sprechen — über die Helene —

Frau Schmalenbach.

Hel —? Ach — Sie meinen die Lene?

August.

Nun ja.

Frau Schmalenbach (ängstlich).

Hat das Mädchen was angerichtet?

August (lächelt in sich hinein).

Wohl möglich —

Frau Schmalenbach.

Ach Jott, sei'n Sie ihr man nich böse; es is ja noch so ein Kindskopp.

August.

Aengstigen Sie sich nicht. (Er wird unruhig, steht auf, wendet sich zu Ale.) Herr Schmalenbach, wissen Sie was? Ich habe ein Wort mit Ihrer Schwägerin allein — wir rufen Sie nachher wieder herein.

Ale.

Is jut. (Geht rechts ab.)

August (nimmt wieder seinen Platz ein).

Frau Schmalenbach — Sie haben gedacht, ich machte Spaß — aber es ist mein Ernst — Sie wissen selbst nicht, was Sie an dem Kinde besitzen.

Frau Schmalenbach
(sieht ihn mit wortlosem Staunen an).

August.

Aber das ist nicht richtig, denn Sie werden wohl längst gemerkt haben, daß jeder Mensch ihr gut ist, der sie sieht.

Frau Schmalenbach.

Aber —

August.

Und ich bin auch ein Mensch, wie alle andern Menschen, sehen Sie; und ich habe manchmal Sorgen und einen schweren Sinn; aber wenn ich das Mädchen sehe, geht's mir wie Sonnenschein in's Herz, und wenn ich ihre Stimme höre, ist mir, als wäre ich auf der staubigen Landstraße marschirt und hörte plötzlich eine Quelle plätschern — na, und wenn ein Mann so von einem Mädchen denkt — wie nennt man das auf deutsch?

Frau Schmalenbach.

Aber —

August.

So sagen Sie doch, wie nennt man das?

Frau Schmalenbach.

Ich — weiß aber — wirklich nich —

August.

Na — wenn Sie es nicht wissen, dann will ich es Ihnen sagen: solch ein Mann ist verliebt!

Frau Schmalenbach
(lehnt sich zurück, schließt einen Augenblick die Augen).

Du mein Jott — (Sie öffnet die Augen.) Wo soll denn das alles nu endlich 'raus?

August (springt auf).

Wo es hinaus soll? Daß ich sie haben will, die Lene, da soll es hinaus!

Frau Schmalenbach.

Aber — Herr Aujust —?

August.

Ist Ihnen das nicht recht? (Er bleibt vor ihr stehen, streckt ihr die Hand hin.) So geben Sie mir doch die Hand!

Frau Schmalenbach (ohne sich zu rühren).

Dadrauf — soll ich Ihnen — die Hand geben?

August.

Ja — warum denn nicht?

Frau Schmalenbach.

Nehmen Sie mir's nich übel — aber das hätte ich von Ihnen nich gedacht —

August (blickt sie verblüfft an).

Frau Schmalenbach.

Ein so reeller Mann wie Sie —

August.

Ist denn das nicht in der Ordnung, daß ich zuerst zur Mutter komme und ihr's sage, wenn ich ihre Tochter heirathen will?

Frau Schmalenbach (steht mit einem Ruck auf).

Heirathen?!

August.

Wovon sprechen wir denn?

Frau Schmalenbach (für sich).

Mit ein 'mal hab' ick wieder fixe Beine gekriegt —

August.

Was haben Sie denn gedacht?

Frau Schmalenbach.

Heirathen —? Was man so nennt — und ganz reell heirathen — wollen Sie die Lene?

August.

Ja und ja! Sagen Sie mir nur, was Sie gedacht haben?

Frau Schmalenbach.

Das kann ick Ihnen nich sagen — (Sie bricht in Thränen aus.) Ne ne ne, das kann ick nich!

August (sieht sie an).

Ach so —

Frau Schmalenbach.

Sind Sie mir man nich böse. (Sie greift nach seiner Hand.) Wer konnte denn aber auch so etwas denken?

August.

Aber das konnten Sie von mir denken, daß ich — weil ich reich bin und Sie eine arme Frau? Nicht wahr? (Er geht auf und ab, murmelt.) Knechtsseelen überall!

Frau Schmalenbach.

Ach Jott, Herr Aujust, ich schäme mich zu Tode, daß ich Sie falsch verstanden habe; aber man is es doch heutzutage nich gewohnt, daß ein Mensch so jut sein kann!

August.

Wer ist denn gut? Ich mag das gar nicht immer hören. Will ich denn Ihre Tochter aus Mitleid heirathen? Ich sage Ihnen ja, daß ich sie liebe, das heißt, daß ich sie brauche, daß ich sie brauche für's Leben, wenn ich glücklich leben soll. Heißt denn das schon gut sein, wenn man kein Schuft ist? Und ein Schuft wäre ich ja, wenn ich das Mädchen anders besitzen wollte!

Frau Schmalenbach.

Sei'n Sie doch jut, sei'n Sie doch man wieder jut.

August.

Kommt doch endlich zu der Einsicht, daß Ihr Menschen seid, so gut wie wir, und daß das elende Geld keinen Unterschied zwischen Menschen macht! Lernt doch stolz werden! Wenn Ihr stolz wäret, würdet Ihr nicht neidisch sein und wenn Ihr nicht neidisch wäret, würdet Ihr nicht mißtrauisch sein!

Frau Schmalenbach
(sinkt wieder in den Stuhl und fängt wieder an zu weinen).

Tragen Sie's mir doch nich so nach — ich bin ja eine dumme unjebildete Frau.

August
(erschrickt, da er die Wirkung seiner Worte sieht, kommt rasch und setzt sich wieder zu ihr).

Nicht doch — nicht doch — es war ja nicht böse gemeint — (er streichelt ihr Hände und Gesicht) nu — nu — nu — (für sich) der verdammte Eifer, in den ich mich immer gleich hineinrede. (Laut.)

Es kam Ihnen ein bischen überraschend — das ist ganz erklär=
lich — aber nun sagen Sie mir einmal ganz ruhig: ist es
Ihnen recht? Wollen Sie mir die Lene zur Frau geben?

Frau Schmalenbach.

Ach Jott, was soll ich denn darauf erwidern? Eine solche
Ehre für uns —

August (fährt wieder auf).

Ach was Ehre! Das will ich ja nicht — (er unterbricht sich)
na — es ist schon gut — (faßt ihre Hand) soll das die Hand der
Lene sein? Geben Sie sie mir? Aus freiem, willigem Herzen?

Frau Schmalenbach.

Wenn Sie denn wirklich meinen — und es — wirklich
dabei bleiben soll —

August.

Das habe ich Ihnen doch nun aber schon zehnmal gesagt!

Frau Schmalenbach.

Na denn — als wie von meine Seite — ja doch, ja.

August
(springt auf, nimmt ihren Kopf in beide Hände, küßt sie auf die Stirn).

Na endlich! So ist es recht!

Frau Schmalenbach (verlegen lächelnd).

Aber — Herr Aujust —? (Sie will seine Hand ergreifen und küssen.)

August (lachend).

Was? Was ist das? Warten Sie, jetzt kriegen Sie zur
Strafe noch einen! (Küßt sie noch einmal.)

Frau Schmalenbach.

Darf ich denn nu noch mit meinem Schwager sprechen?

August.

Mit dem Vormund? Das versteht sich von selbst.

Frau Schmalenbach.

Und denn — mit der Lene?

August.

Freilich sollen Sie mit der Lene sprechen, und reden Sie
ihr ein bischen gut zu — ja? wollen Sie's thun? Nachher komme
ich selbst — sie wird ein bischen erschrecken — meinen Sie nicht
auch? Aber das schadet nichts, das geht vorüber — und zu fürchten
braucht sie sich nicht — sie soll's gut haben, sagen Sie ihr das —
(er reckt die Arme) o — sie soll's gut haben! (Er geht an die Thür rechts
reißt sie auf.) Herr Schmalenbach!

Dritter Auftritt.

Vorige. Ale (kommt von rechts zurück).

August.

Kommen Sie herein, Herr Schmalenbach; Ihre Schwägerin
wird Ihnen erzählen, was wir miteinander gesprochen haben,
und Sie sollen Ihren Senf dazu geben und — und — (er schlägt
Ale auf die Schulter) na und nun zeigen Sie, daß Sie ein ver-
ständiger Mann sind — auf Wiederseh'n, Frau Schmalenbach, auf Wiederseh'n! (Geht rechts ab.)

Ale
(steht mitten im Zimmer, sieht August nach, wendet sich dann zu Frau Schmalenbach).

Na — nu?

Frau Schmalenbach.

Jott, Ale, was werden Sie sagen?

Ale.

Der sah ja aus, als hätt' er einen hinter die Binde ge-
kippt? Was is denn los?

Frau Schmalenbach.

Rathen Sie doch blos mal.

Ale.

Hat er Ihnen Räthsel aufjejeben!

Frau Schmalenbach.

Es kommt doch fast so 'raus — er will, daß die Lene — (unterbricht sich) nee, ich sage —

Ale.

Sie sagen ja nischt.

Frau Schmalenbach.

Seine Frau soll sie werden!

Ale (sieht sie groß an, fängt an schweigend zu grinsen).

Frau Schmalenbach.

Na wat sagen Sie denn dazu?

Ale.

Nehmen Sie's nich übel — nu is es bei Ihnen wol von die Beene in den Kopp gestiegen?

Frau Schmalenbach.

So wahr ich hier sitze, er will sie heirathen.

Ale.

Na ja — ick verstehe —

Frau Schmalenbach.

Was?

Ale.

Was man so bei die Reichen und die Vornehmen heirathen nennt: morjennatschich.

Frau Schmalenbach.

Was is denn das?

Ale.

Das is: an die linke Hand, daß die Rechte nich weeß, was die Linke thut und immer hübsch frei bleibt, wenn die Rechte kommt.

74

Und darum heeßt das so, weil diejenigen, welche uf die Weise jeheirathet werden, heute lachen und morjen naatschen.

Frau Schmalenbach.

So is es aber nich; das hab' ick zuerst auch gedacht, aber so will er es nich machen; er will das Mädchen heirathen, janz richtig und reell.

Ale.

So wie Sie dunnemals sich mit meinen Bruder verheirathet haben? Janz veritabelmang?

Frau Schmalenbach.

Janz veritabel.

Ale.

Dunner — stag und Freitag!

Frau Schmalenbach.

Ja — nicht wahr?

Ale.

Wissen Sie denn, was Sie denn sind?

Frau Schmalenbach.

Was denn?

Ale.

Eene Schwiegermutter.

Frau Schmalenbach.

Na natürlich.

Ale.

Is jar nich natürlich. Nich die Schwiegermutter von so oder so Eenem, sondern von so Eenem, heeßt das, von einem schauderhaft reichen Mann! (Er geht auf und ab.) Herr Jott, is das 'ne Jeschichte! Is das ne Jeschichte! (Er bleibt vor ihr stehen.) Nu lassen Sie sich blos mal ansehen, wie Sie eigentlich aus= sehen?

Frau Schmalenbach.

Wie soll ich denn ausseh'n?

75

Ale.

Merken Sie es denn jar nich, daß Sie bis über die Ohren in's Feld drin sitzen?

Frau Schmalenbach.

Es is wirklich wahr.

Ale.

Nu können Sie sich anschaffen, wozu daß Sie Lust haben! Und een Paar neue Beene können Sie sich och koofen.

Frau Schmalenbach.

Na — was das anbetrifft —

Ale.

Wenn ich's Ihnen sage — merken Sie denn nu, was er damit sagen wollte, daß Sie den Sommer eine Kur brauchen sollten?

Frau Schmalenbach.

Is wahr, da hat er schon dran gedacht.

Ale.

Nu mal 'ran mit die Bäder und mit die Aerzte! Nu haben Sie Feld, und für Feld kriegt man heutzutage Alles, sag' ick Ihnen. Seh'n Sie, da sind in Berlin Aerzte, die sind so jeschickt, wenn zu denen Eener kommt und hat ein Loch im Kopp wie eine Waschschüssel, schad't nischt — sie heilen's ihm zu, daß ein Jelehrter draus wird. Nur Feld muß man mitbringen in's Portemonnäh. Da wird jar nich jefragt: „wo fehlt's?" sondern nur: „haben Sie Feld?" Ja? na denn is Allens abgemacht. Ne? Na denn adje, grüßen Sie Murmeljöh.

Frau Schmalenbach.

Jott, Ale, sieht's denn wirklich so aus in der Welt?

Ale.

Wenn ick's Ihnen sage — ick kenne die Sorte mit's große Portmonnäh. Es sind Aeser, die Reichen, Aeser sag' ick Ihnen

Frau Schmalenbach.

Das sollten Sie doch aber nich sagen; Sie kriegen doch nu auch Feld.

Ale.

Als wie icke?

Frau Schmalenbach.

Na — Sie sind doch ihr Onkel?

Ale.

Das is ja aber och wahr — daran hatte ich ja noch jar nich gedacht? Er kann doch den Onkel von seine Frau nich mang die Lumpen sitzen lassen? Dazu kenn' ich den Mann zu jut; das thut der Mann nich; wer weeß, er macht mich am Ende zu seinem Kompanjong?

Frau Schmalenbach.

Nun man sachte, man sachte.

Ale.

Ich kenne den Mann — lassen Sie jut sein — na denn freuen Sie sich, Herr Ilefeld, Sie sollen etwas erleben; mehr sage ich nich!

Frau Schmalenbach.

Jott — Ale — der Ilefeld —?

Ale.

Na was?

Frau Schmalenbach.

Wenn ich man erst wüßte, was das Mädchen dazu sagen wird?

Ale.

Was das Mädchen? — Na Sie sind wol nich —? Was das Mädchen — ne so was —

Frau Schmalenbach.

Sie hat so ihren eigenen Kopp.

Ale.

Ach wat Kopp — die Köppe sind dazu da — daß sie — daß sie zurechtgesetzt werden.

Frau Schmalenbach (blickt nach dem Fenster).
Da kommt sie gerade an.

Ale (setzt sich).
Denn lassen Sie mir man mit ihr reden.

Frau Schmalenbach.
Na ja, reden Sie man.

Vierter Auftritt.
Lene (von rechts zu den Vorigen).
Lene (geht auf die Mutter zu, küßt sie).
Tag, Mutter. (Reicht Ale die Hand.) Tag, Onkel Ale.

Ale.
Na meine Dochter — nu setz' Dir mal.

Lene.
Jott, Mutter — was is denn mit Onkeln? Der macht ja ein Gesicht —?

Ale.
Du kannst och steh'n, wenn Dir das lieber is — wir haben was mit Dir zu reden.

Lene.
Das klingt ja wie in die Kirche.

Ale.
Is auch was Ernstes.

Lene.
Man los, ich hol' mir blos meine Arbeit. (Sie geht an die Kommode, nimmt eine Näharbeit heraus, setzt sich damit an die Seite der Mutter.)

Ale.

Es is nämlich — jemand da jewesen.

Lene.

So? Wer denn?

Ale.

Und hat nach Dir gefragt.

Lene.

Wer denn?

Ale.

Wirst Du jleich erfahren. Und hat mit Muttern jesprochen.

Lene (blickt der Mutter nah in's Gesicht).

Von wegen — mir?

Frau Schmalenbach.

Ja, von wegen Dir.

Lene
(beugt sich über die Mutter, blickt ihr lächelnd tief in die Augen).

Na — Mutter?

Frau Schmalenbach.

Hm?

Lene
(breitet die Arme um die Mutter, legt ihr Haupt an deren Brust).

Is er denn also da gewesen?

Frau Schmalenbach.

Wer, meinst Du denn?

Lene.

Aber — Mutter — (Sie verbirgt, leise kichernd, tief erröthend, ihr Gesicht am Halse der Mutter.)

Ale.

Wie ick also sage — der Herr Aujust war da.

Lene (richtet sich auf).

Der Herr Aujust?

Ale.

Wer denn sonst?

Lene.

Was hat denn der gewollt?

Ale.

Na — Du hast's ja gehört?

Lene.

Was soll ich denn gehört haben?

Ale.

Daß er mit Muttern gesprochen hat.

Lene.

Der war's? Was will er denn von mir?

Ale.

Das is ja nun eben das, worum daß es sich handelt. (Kommt zu Frau Schmalenbach heran.) Ob ich's ihr nu sage?

Frau Schmalenbach (leise zu Ale).

So reden Sie doch.

Ale.

Na ja siehste, die Jeschichte is ja janz einfach. Es jiebt Menschen mit'n jroßes Portmonnäh und Menschen mit'n kleenes — das verstehst Du doch?

Lene (lacht).

Wenn ich mir Mühe gebe, — werde ick das wol versteh'n.

Ale.

Und wenn nu Eener von die erste Sorte zu Eenen von die zweite Sorte kommt und zu ihm sagt, geniren Sie sich nich, mein Portmonnäh is von heut' ab das Ihrichte — na — denn wäre der von die zweite Sorte doch'n rechter Dämelack, wenn er sich das zweimal sagen ließe? Wat meenste?

Lene (lacht).

Das is doch klar.

Ale.

Ja — das is klar.

Lene.

Thut denn der Herr Aujust das?

Ale.

Das is es ja nu eben, worum daß es sich handelt — (Rückt wieder zu Frau Schmalenbach.) Ob ich's ihr nu sage?

Frau Schmalenbach (leise).

Machen Sie doch man zu.

Ale.

Und wenn nu bei die zweite Sorte eine olle klapprige Frau is, die uf ihre Beene nich jeh'n und nich steh'n kann, und die aber gesund werden würde wie'n Wiesel, wenn der von die erste Sorte nachhülfe mit's iroße Portmonnäh — na — denn is es doch erst recht klar, daß man der ollen Frau das zu Liebe thun muß. Wat meenste?

Lene.

Geht denn das auf mich?

Ale.

Auf wen denn sonst?

Lene.

Mir hat doch aber der Herr Aujust sein Portmonnäh nicht angeboten.

Ale.

Jrade hat er.

Lene.

Mir —?

Ale.

Wem denn sonst?

Lene.

Aber Onkel — nu weeß ich wirklich nich —

Ale.

Herrjott, Mädchen — merkst Du's denn immer noch nich?

Lene.

Was denn? Was?

Ale.

Daß der Herr Aujust Dir heirathen will?

Lene

(sieht ihn verblüfft an, wendet sich zur Mutter).

Mutter — Onkel'n is wol nich recht?

Frau Schmalenbach.

Ne — es is janz wahr und richtig, was er sagt.

Lene (springt auf und bricht in schallendes Gelächter aus).

Hahahahaha! (Sie läuft lachend im Zimmer auf und ab.) Hahahahaha!

Ale (zu Frau Schmalenbach).

Nu hören Sie so was.

Frau Schmalenbach (zu Ale).

Hören Sie so was.

Lene (kommt zurück).

Ich thu' mir ja noch 'nen Schaden vor Lachen. Na — Mutter — nu is es aber mit dem Spaß jenug.

Frau Schmalenbach.

Ich weiß aber jar nich, Mädchen, wie Du bist; wer red't denn von Spaß?

Ale.

Jleich kommt er selbst und heirathet Dir vom Fleck weg.

Lene (sieht mit weit aufgerissenen Augen).

Er kommt — selbst?

Frau Schmalenbach.

Jeden Augenblick muß er kommen.

Lene.

Denn aber mit'n Heidi — (sie will nach rechts hinauslaufen, Ale tritt ihr in den Weg).

Ale.

Du bist wol nich jesund?

Lene.

Was soll ich ihm denn aber sagen, wenn er kommt?

Ale.

Du wirst doch nich so auf'n Kopp jefallen sein, daß Du das nicht weißt?

Lene.

Ne wahrhaftig, ich weiß nich.

Ale.

Na — zum Beispiel — also — Du sagst — Herr Aujust, sagst Du, es is mir eine jroße Ehre — oder — na aber was is denn da überhaupt ville zu reden, wenn Du nur ein Wort zu sagen brauchst.

Lene.

Das is ja wahr, aber ihm so schlankweg in's Gesicht „ne" zu sagen, und nichts weiter dazu, das paßt sich doch nich? Bei einem solchen Mann?

Ale.

Ne? Du willst ihm — „ne" sagen?

Lene.

Na aber — was denn sonst?

Ale (zu Frau Schmalenbach).

Nu hören Sie so was!

Lene (blickt von Einem zum Andern).

Na aber — was denn? Wie denn —? Mutter, um Gottes=
willen, so red' doch nur ein Wort?

Frau Schmalenbach.

Ich sage nichts dazu — ich sage nichts dagegen.

Lene.

Nu wird mir aber doch himmelangst. Etwa? —? Daß
ich? Mutter, is denn das Dein Ernst?

Frau Schmalenbach.

Ich hab' Dir meine Meinung gesagt.

Lene
(drückt beide Hände an den Kopf).

Herrjott, Herrjott!

Ale.

Wenn jemand in die Lotterie spielt und er jewinnt's jroße
Loos — na, denn is das was. Wenn aber jemand nich in die
Lotterie spielt und er jewinnt's jroße Loos doch, denn is das
riesig; und so is es mit Dir.

Lene.

Mir wird ganz dumm — mir wird wahrhaftig ganz dumm.

Frau Schmalenbach.

Na sieh mal, Lene, das mußt Du aber doch selber sagen,
daß er ein juter Mann is.

Ale.

Und wenn ein Mensch Feld hat, denn is das jar kein Unrecht
und ein Unglück noch viel weniger. Und einen reichen Mann
seine Frau — na das is eben ock 'ne reiche Frau.

Lene (lacht auf).

Als wie ich?

Ale.

Na jewiß. Und wenn Du ihn nimmst, denn schickt er
Muttern in's Bad.

Lene (blickt auf die Mutter).

Hat er das gesagt?

Ale.

Na jewiß. Und denn kriegt Mutter wieder neue Beene und wird wieder jesund.

Lene
(blickt stumm auf die Mutter, die Thränen rinnen ihr über die Wangen).

Ale.

Und denn wird Mutter wieder wie ene junge Frau.

Lene
(stürzt jählings zur Mutter, kniet vor ihr nieder, wirft die Arme um sie).

Is das wahr, Mutter? Is denn das wahr?

Frau Schmalenbach.

Jott, siehst Du, Lene, in die Bäder sollen ja schon Todtkranke wieder jesund jeworden sein, und nu is doch so'n Bad 'ne theure Jeschichte, und wir sind doch nu einmal so arm. —

Lene.

Das is ja alles richtig — da läßt sich gar nichts gegen sagen — aber — ach Mutter — ach Mutter — (sie schluchzt und weint und birgt ihr Haupt im Schoße der Mutter).
(Pause.)

Lene.

Und denn wirst Du wieder jesund? Und hast keine Schmerzen mehr? Und kannst wieder geh'n wie alle Andren auch? Und das is gewiß? Das is ganz gewiß?

Frau Schmalenbach.

Ja, Ale meint doch so.

Lene (in Gedanken versinkend).

Das wäre ja wunderschön. Aber ich — dem Herrn Aujust seine Frau? Das is doch Unsinn, das kann ich mir ja jar nich denken — (sie holt das Taschentuch hervor) und denn — (sie drückt das Taschentuch an die Augen und flüstert unter Thränen in sich hinein) 'denn is ja nu alles aus — alles aus.

Ale (ist an's Fenster getreten).

Nanu die Ohren steif; nu kommt er.

Frau Schmalenbach.

Der Herr Aujust?

Lene
(wischt sich rasch die Augen ab, springt auf).

Ach Du allmächtiger Jott — (sie stürzt an die Thür links).

Fünfter Auftritt.

August (kommt von rechts. Er trägt einen kleinen Strauß von ausgesucht schönen Rosen in der Hand).

August.

Nein, Helene, gehen Sie nicht davon.

Lene
(hält die Hand auf der Thürklinke, beugt das Haupt auf die Hand nieder).

August
(ist bis in die Mitte des Zimmers gekommen).

Kommen Sie, geben Sie mir die Hand. (Er streckt die Rechte nach ihr aus.)

Lene
(schüttelt stumm das Haupt und drückt das Gesicht tiefer in den Arm).

August.

Fürchten Sie sich doch nicht, Helene; ich thue Ihnen nichts zu leide.

Lene
(löst sich langsam von der Thür, kommt abgewandten Hauptes zu ihm heran und legt zitternd ihre Hand in die seinige).

August.

So kalte Hände — und geweint haben Sie auch.

Lene

(wischt mit der freigebliebenen Hand über's Gesicht).

Ne — ne —

August.

Ich seh's ja; es ist ja auch ganz natürlich. Lenchen, mein liebes, liebes Kind — nun soll es die Aufgabe meines Lebens sein, dafür zu sorgen, daß Sie nie mehr zu weinen brauchen, wenigstens nicht aus Gram, den Ihnen Menschen bereiten (Lene steht regungslos gesenkten Hauptes) nehmen Sie die Blumen hier — ja? bitte. (Er hält ihr die Rosen hin. Lene hebt zögernd die Hand, nimmt die Rosen.)

August.

Machen sie Ihnen Freude?

Lene (sieht auf die Blumen nieder, haucht).

Ja — danke.

August (breitet die Arme aus).

Lenchen, komm zu mir — laß mich die Arme um Dich schließen und mein Herz fröhlich werden an Deinem jungen, geliebten Leben — (er tritt auf sie zu) Lenchen, komm zu mir!

Lene

(läßt beide Arme am Leibe niederhangen und duldet schweigend, daß er sie in Arme schließt).

August.

Warum zitterst Du denn?

Lene (leise, qualvoll gepreßt).

Ich fürchte mich so —

August.

Vor mir?

Lene.

Ich — weiß nich — so vor dem Allen —

August.

Vor dem Allen? Vor der Zukunft?

Lene.

Das is es vielleicht — ich kann's nich so sagen.

August.

Trau'st Du mir denn so wenig? Sitzt da nicht Deine Mutter? Würd' ich in ihrer Gegenwart so zu Dir sprechen können, wenn ich's nicht ehrlich, wenn ich's nicht gut mit Dir meinte?

Lene
(richtet die Augen auf die Mutter, stürzt zu ihr und birgt ihr Haupt an ihrer Brust).

Ach Mutter — Mutter —

Frau Schmalenbach
(beugt sich über sie, flüstert ihr unter Thränen zu).

Hör' doch blos an, wie er spricht.

Lene (flüstert in den Busen der Mutter hinein).

Das is ja wahr — das is ja alles wahr — (Sie wischt sich mit dem Taschentuch die Augen, streckt die Hand gegen August aus.) Ach sei'n Sie nur nich böse — ich — bin ja so einfältig —

August
(ergreift ihre Hand mit beiden Händen, zieht sie zu sich empor, mit leisem, seligen Lachen).

Du Närrchen, Du liebes einfältiges Närrchen! Das schadet ja nichts, das — ist ja grade so schön! Sei einfältig — sei thöricht — sei was Du willst — und wenn's darauf ankommt, sei dumm, dumm, dumm — nur glaub' mir, Lenchen, daß ich es gut mit Dir meine; besser als ein Mensch auf der ganzen weiten Welt! Willst Du mir das glauben? Willst Du?

Lene (sieht ihm zum ersten Mal in's Gesicht).

Wahrhaftigen Jott ja, das glaub' ich Ihnen, Herr Aujust.

August (aufjauchzend).

Helene! — Hat Deine Mutter Dir denn gesagt, wie ich Dich brauche? Daß Du der Sonnenschein bist für mein Herz und meine zwitschernde Lerche an jedem neuen Tage, den Gott mir werden läßt? Komm — mir zu Liebe — sing' mir Dein Lerchenlied.

Lene.

Das Lerchenlied —?

August.

Nun ja, das Du des Morgens früh immer singst — wie fängt es an? „Reich bin ich nicht —"

Lene (schwach lächelnd).

Ach so — ach — ne ne —

August.

Komm, sing's doch!

Lene.

Es geht nicht.

Frau Schmalenbach.

Wenn er Dich doch darum bittet?

Lene (versucht zu singen).

„Reich — bin ich —" (Der Ton bricht heiser in ihrer Kehle ab.) Sehen Sie — es geht wirklich nich.

August.

Quäle Dich nicht, der Gesang wird wiederkommen, wenn Du erst ruhig geworden bist; werde nur ruhig, Lenchen; komm, setz' Dich, setz' Dich zu mir. (Er stellt zwei Stühle neben einander, setzt sich auf den einen, zieht Lene auf den andern nieder.) Ist das denn recht, daß Du Dich fürchtest? Bin ich denn so schrecklich? Bin ich denn mit einem Male ein Anderer geworden?

Lene.

Mir is doch beinah so.

August.

Aber wenn ich Dir sage, daß ich derselbe bin, der ich immer war?

Lene.

Das alles — das fühle ich ja — aber — ach Herr Aujust, es is doch nich möglich!

August.

Warum denn nicht?

Lene.

Weil — weil — ich doch zu unjebildet bin für Sie.

August (leise, innig lachend).

Siehst Du, nun muß ich lachen, und weißt Du, es giebt ein Wort, wenn Du das aussprichst, bist Du für mich die ge= bildetste Frau von der Welt. Soll ich's Dir sagen?

Lene.

Ein — Wort?

August.

Du kannst es mir auch ganz leise sagen, daß kein Anderer es hört; so sprich: ich bin Dir gut.

Lene.

Ach — Herr Aujust —

August.

So mußt Du mich aber doch jetzt nicht mehr nennen.

Lene.

Wie soll ich denn —?

August.

Ich hab' Dich „Du“ genannt, nun mußt Du mich auch „Du“ nennen.

Lene (rückt von ihm ab).

Nein — nein, das kann ich nich!

90

August (hält sie an der Hand fest).

Helene —?

Lene.

Nich um die Welt! nein nich um die Welt! (Sie macht Miene aufzuspringen.)

August (hält sie zurück).

Lenchen, sei ruhig, ängstige Dich nicht. Glaub' mir, ich verstehe Dich besser, als Du Dich selbst. Siehst Du, Lenchen, das, wovor Du zitterst und bangst, davor zittert jedes Mädchen, wenn ihm gesagt wird, daß es einem Manne angehören soll. Und bei Dir kommt nun noch hinzu, daß Du Dir einbildest, ich stände über Dir, und zwischen uns wäre eine Kluft, und da müßtest Du hindurch, und davor fürchtest Du Dich — aber gut — wir wollen einmal denken, es wäre solch' eine Kluft da — weißt Du, wie wir's machen? Ganz einfach: Du springst drüber weg; ich gebe Dir die Hände — an denen hältst Du fest, tüchtig fest — dann machen wir „hopp" — (Er faßt leidenschaftlich ihre beiden Hände; sie lächelt leise.) Siehst Du, Du lächelst schon — Frau Schmalenbach, passen Sie auf: sie nimmt schon den Anlauf — gleich wird sie springen!

Ale.

Mit 'n Heidi.

Lene (lacht auf).

Der Onkel Ale —

August (springt auf).

Was hab' ich gesagt! Sie ist gesprungen! Nun ist sie herüber, ist nicht gefallen, nicht einmal gestolpert! Nun ist sie bei mir, nun halt' ich sie — (Er umschlingt sie mit beiden Armen.) Für immer — für ewig — ah —

Lene
(liegt willenlos, todtenblaß in seinen Armen; haucht).

Ach — Du mein Jott.

August.

Und Onkel Ale hat geholfen — (er streckt ihm die Hand zu) geben Sie mir die Hand, Onkel Ale, das haben Sie gut gemacht!

Ale (tritt heran, giebt ihm die Hand).

Herr Aujust — ick hab's dem Mädchen jleich jesagt — nu wird sie's wol jlauben.

August.

Was haben Sie ihr gesagt?

Ale.

Daß sie das jroße Loos jezogen hat.

August.

Ist das so, Lenchen? Glaubst Du das? Sagst Du nichts? Nein jetzt sollst Du es auch noch nicht sagen, jetzt kannst Du es noch nicht wissen. Aber über's Jahr —

Lene.

Ueber's Jahr —

August.

Ja, Lenchen, über's Jahr, wenn Du Dich daran gewöhnt haben wirst, meine Frau zu sein, da will ich's Dich wieder fragen. Aber nicht, ob Du das große Loos gezogen hast — nein, ob Du zufrieden bist, will ich Dich fragen, ob Du es warm hast im Leben — und das weiß ich schon jetzt, das versprech' ich Dir, das schwör' ich Dir: warm wirst Du wohnen, Lenchen; ja, Lenchen, ja —

Lene
(hebt das Haupt, sieht ihm in's Gesicht, schüttelt leise, staunend das Haupt).

Wie jut Sie sind.

August.

So — so — so ist es recht, so ist es gut — so lehne Dich an mich — denn dazu bin ich da, daß ich Dich halte, Dich stütze — o Du mein Alles, mein liebes, liebes Herz — und nun mußt Du Dich ruhen — (er läßt sie wieder auf den Stuhl nieder) es greift Dich an — Frau Schmalenbach — Sie müssen mir dafür sorgen, daß

unsre Lerche bald in's Nest kommt, damit sie morgen, wenn es
Tag wird, wieder singen kann und die Menschen aufwecken kann
zu Lust und Fröhlichkeit! Wollen Sie's thun, Frau Schmalenbach?

Frau Schmalenbach.

Ja, ja, Herr August.

August

(geht auf sie zu, nimmt ihren Kopf zwischen beide Hände).

Ach was „Herr August" — hier ist kein „Herr August" mehr —
Mutter Schmalenbach, alte, liebe Mutter! (Er küßt sie auf den Kopf.)
Onkel Ale — geben Sie mir die Hand, Onkel Ale! — (Schüttelt
ihm die Hand, streckt beide Arme aus.) O Menschen, Menschen — wie
bin ich glücklich! (Er ergreift den Hut, geht eilend nach rechts ab.)

(Pause.)

(Lene hat die Arme auf den Tisch gelegt, das Haupt auf die Arme; es ist inzwischen
fast dunkel geworden.)

Frau Schmalenbach.

Weißt Du, Du solltest nu man zu Bett geh'n.

Lene (richtet sich auf).

Will ich auch — ich bin wie zerschlagen an alle Glieder.
(Sie steht auf, zündet eine Petroleumlampe an, die auf der Kommode steht, setzt sie
auf den Tisch.) Es is ja wol schon ganz spät geworden. (Sie nimmt
ihre Näharbeit auf, geht damit an die Kommode, öffnet das Schubfach und legt die
Arbeit hinein; indem sie damit beschäftigt ist, sinken ihr plötzlich die Hände nieder,
sie blickt starren Auges auf die Thür.) Da is er! — (Sie läßt das Schubfach
offen stehn und tritt rasch, als wenn sie sich fürchtete, in die Mitte des Zimmers,
hinter den Tisch.)

Ale.

Wer?

Lene (die Augen auf die Thür gerichtet).

Nu kommt er.

Frau Schmalenbach.

Wer denn?

Lene.

Nu kommt er. (Ein Klopfen an der Thür rechts.)

93

Ale.

Ach so —

Lene.

Onkel — jeh' doch man 'raus zu ihm.

Ale.

Warum denn?

Lene.

Daß er nich 'reinkommt, Onkel; es is doch besser, Onkel. (Abermaliges Klopfen.)

Ale.

Ach, quatsch. (Laut.), Kommen Sie man 'rein, (leise) Herr Ilefeld.

Sechster Auftritt.

Vorige. Paul Ilefeld (erscheint in der Thür rechts).

Lene (stürzt auf die Thür links zu, schreit auf).

Nein! (Reißt die Thür auf, läuft links hinaus, wirft die Thür hinter sich zu.)

Ilefeld
(der seinen Sonntagsrock angezogen hat, tritt verblüfft herein).

Juten Abend auch.

Frau Schmalenbach.

Ju'n Abend, Herr Ilefeld.

Ilefeld (mit den Augen auf die Thür links deutend).

War — das —?

Ale.

Wer wird 's sonst jewesen sein?

Ilefeld.

Was — is denn los?

94

Ale (geht an die Kommode, schiebt das Fach zu).

Na was wird los sein.

Frau Schmalenbach.

Nehmen Sie doch Platz, Herr Ilefeld; was verschafft uns denn die Ehre?

Ilefeld
(noch immer verwirrt, setzt sich auf den Stuhl, auf dem Lene gesessen hat).

Warum — daß ich komme? Ja — hm — sehen Sie — (Er bemerkt die Rosen, die Lene hat zu Boden fallen lassen.) Was liegt denn da? (Er hebt die Rosen auf.) Das sind ja Rosen? Wo kommen denn die her? Sie seh'n ja aus, wie aus 'n herrschaftlichen Jarten?

Ale.

Ja nich wahr?

Ilefeld.

Wem jehören denn die Rosen?

Ale.

Na, wem werden sie jehören.

Ilefeld
(zu Frau Schmalenbach, mit dem Kopf nach links deutend).

Ihr?

Frau Schmalenbach.

Als wie meine Tochter? Ja.

Ilefeld.

Hat sie sich — denn die — selber abgeschnitten?

Ale.

Nanu? Seit wann wäre das denn Mode?

Frau Schmalenbach.

Ne, Herr Ilefeld, so was brauchen Sie von meine Tochter nich zu denken.

Ilefeld.

Aber denn — muß sie ihr doch wer jebracht haben?

95

Ale.

Des ſtimmt.

Ilefeld.

Wer denn?

Ale.

Na vermuthlich, dem ſie jehören.

Ilefeld
(ſtarrt Frau Schmalenbach fragend in's Geſicht).

Frau Schmalenbach.

Der Herr Aujuſt hat ſie ihr jebracht.

Ilefeld.

Der Herr — Aujuſt?

Frau Schmalenbach.

Es iſt doch kein Unrecht nich?

Ilefeld.

Ein Unrecht — ein Unrecht — aber — das is alles ſo
komiſch hier?

Frau Schmalenbach.

Wie denn ſo?

Ilefeld.

Erſt das Wegjelaufe und nu ſind Sie beide ſo — wie
ſoll ich ſagen — ſo hinterhaltig.

Frau Schmalenbach.

Sie brauchen aber nichts Unrechtes zu denken, Herr Ilefeld.

Ilefeld (ſteht mit einem Ruck auf).

Na, ſo ſagen Sie endlich, was is denn eigentlich los?

Ale.

Was wird denn weiter ſein? Das Mädchen hat ſich verlobt.

Ilefeld.

Ver—lobt?

Ale (brummend).

Haben Sie was dajejen?

Jlefeld.

Mit wem denn?

Ale.

Mit dem Herrn Aujuſt.

Jlefeld.

Ach Sie — mit Ihre ſchlechten Witze —

Ale (grinſend zu Frau Schmalenbach).

Nu denkt der, ich mache Witze.

Jlefeld (zu Frau Schmalenbach).

Das is doch aber Unſinn?

Frau Schmalenbach.

Ne, warum denn?

Jlefeld.

Der Herr — Auguſt —?

Frau Schmalenbach.

Es is doch kein Unrecht nich?

Jlefeld.

Verlobt —? Damit daß er ſie heirathet? Richtig heirathet?

Ale.

Na wie denn ſonſt? Sei'n Sie ſo jut.

Frau Schmalenbach.

Das müſſen Sie doch ſelber ſagen, Herr Jlefeld, daß es für meine Tochter ein jroßes Glück is?

Jlefeld
(ſteht ſtumm da, trocknet ſich den Schweiß von der Stirn).

Frau Schmalenbach.

Sind Sie nich der Anſicht, Herr Jlefeld?

Jlefeld (halblaut murmelnd).

Freilich — wenn so Einer kommt —

Frau Schmalenbach.

Ja nich wahr? Und dabei so ein juter Mann?

Jlefeld.

Wenn er sie heirathen will — denn kann man ihm — ichts vorwerfen.

Frau Schmalenbach.

Und wenn Sie wüßten, wie er sich mit dem Mädchen hat; rein, als wenn er sie auffressen wollte.

Jlefeld.

(wiegt schweigend das Haupt, wendet sich dann schwerfällig zum Tische, legt die Rosen darauf nieder und greift nach seinem Hut).

Denn — wird sie's ja wol jut haben — und denn — will ick man — jeh'n.

Frau Schmalenbach.

Könnten wir denn — mit sonst etwas —

Jlefeld

Ne — danke. (Er steht mitten im Zimmer; in dem Augenblick öffnet sich die Thür links; Lene erscheint in der Thür.) Ach so — (er blickt sich schweigend mit Lene an).

Lene.

Herr — Jlefeld — (die Stimme versagt ihr, sie fängt an, lautlos zu weinen).

Jlefeld.

Warum weinen Sie denn? Ich höre ja — man darf jratuliren? (Er wendet sich zum Abgang.)

Lene (angstvoll).

Herr Jlefeld —

Jlefeld (bleibt stehen).

Hm?

Lene.

Ich — wollte nur fragen — (sie bricht ab).

Ilefeld.

Also —?

Lene (hastig hervorstoßend).

Werden Sie uns morgen wieder besuchen?

Ilefeld
(blickt sie an, wendet dann das Haupt).

Wozu denn noch? — Schlafen Sie wohl, Jungfer Schmalenbach. (Er wendet sich nach der Thür rechts.)

(Der Vorhang fällt.)

—— ———

Ende des zweiten Aktes.

Dritter Akt.

(Ein Zimmer im herrschaftlichen Hause. Der Hintergrund öffnet sich durch eine breite geöffnete Glasthür auf eine in den Garten führende Treppe von mehreren flachen Stufen, auf welche auch die Fensterthüren der nebenanliegenden Zimmer hinausführen. Ueber die Treppe hinweg sieht man auf einen Rasenplatz, der mit Rosenstöcken bestanden ist. Rechts und links im Zimmer vorn sind Thüren. An den Wänden hängen einige Bilder. Links an der Wand ein Sopha. In der Mitte des Zimmers steht ein Frühstückstisch mit Kaffeegeschirr, Tellern, Tassen und sonstigem Zubehör. Es ist früher Morgen.)

Erster Auftritt.

Juliane (sitzt an dem Frühstückstische und blickt in den Garten hinaus; im Garten sieht man Lene, die an einem der Rosenstöcke auf dem Rasen kniet und sich daran zu schaffen macht. Eine Harke und anderes Gartengeräth liegt neben ihr. Sie ist anders als in den ersten beiden Akten, städtisch, im langen Kleide, angezogen.)

Juliane
(sieht ihr eine Zeit lang gedankenvoll zu, dann ruft sie, laut und etwas scharf).

Helene!

Lene (springt hastig auf).

Ja?

Juliane.

Kommst Du nun endlich?

Lene.

Ja, jawol! (Sie zieht das Taschentuch, reibt sich die Hände ab, kommt über die Treppe herein.)

Juliane.

Immer Packthierchen? Kannst Du's gar nicht lassen? Das Arbeiten und Basteln?

Lene.

Gefegt aber habe ich nich — wirklich nich.

100

Juliane.

Aber geharkt — da liegt ja die Harke noch.

Lene.

Nur ein bischen.

Juliane.

Und auf dem feuchten Rasen gekniet — mit dem Kleide.

Lene.

Das verjesse ich immer wieder.

Juliane.

Du mußt aber jetzt daran denken lernen.

Lene.

Wenn man's noch so jar nicht gewöhnt is — (sie blickt an sich nieder) ach Jott. —

Juliane.

Nun?

Lene.

Da hab' ich mir wirklich einen Grasfleck jemacht.

Juliane.

Siehst Du?

Lene.

Ich möchte doch gleich geh'n, ihn auswaschen. (Will nach rechts ab.)

Juliane.

Das hilft jetzt doch nichts.

Lene.

Wenn man gleich mit Wasser —

Juliane.

Ich sage Dir, es hilft jetzt nichts, nun sollst Du hier= bleiben. Setz' Dich — wir wollen jetzt frühstücken.

Lene (setzt sich Juliane gegenüber an den Tisch).

Juliane (steht auf, nimmt die Kaffeekanne).

Ich werde Dir einschenken — Du trinkst doch Kaffee?

Lene (springt auf).

Sie werden mir doch nich einschenken wollen?

Juliane.

Warum nicht?

Lene.

Ne ne — das kann ich nich zujeben! (Sie will Juliane die Kanne abnehmen.)

Juliane (ungeduldig).

Sei doch nicht thöricht.

(Lene setzt sich; Juliane füllt zwei Tassen.)

Juliane.

Du nimmst doch auch Milch? (Sie gießt Milch ein.) Und da steht der Zucker.

Lene (nimmt ein Stück Zucker).

Juliane.

Hast Du damit genug?

Lene.

Jawol, ja. (Sie beißt ein Stück von dem Zucker ab, nimmt dann einen Schluck Kaffee.)

Juliane.

So mußt Du den Zucker nicht essen, mein Kind. —

Lene (blickt sie ängstlich an).

Juliane.

Du mußt ihn in den Kaffee thun und darin zergehen lassen.

Lene.

Ach so — (sie wirft den Rest, den sie in der Hand hält, in die Tasse).

Juliane.

Nimm Dir doch ein frisches Stück.

Lene.

Ich hab' ja schon eins.

Juliane.

Mein Gott — ein Stück Zucker —

Lene.

O, wenn Sie wünschen — (sie nimmt ein zweites Stück, wirft es in ihre Tasse).

(Pause.)

(Lene hebt die Obertasse, gießt sich den Kaffee in die Untertasse und trinkt.)

Juliane.

Aber — nicht doch.

Lene (wie oben).

Ach —?

Juliane.

Das sieht nicht hübsch aus, siehst Du; zum Trinken ist die Obertasse da — so wie ich es mache, siehst Du?

Lene

(gießt aus der Untertasse in die Obertasse zurück).

Entschuldigen Sie nur. —

Juliane.

Zu entschuldigen ist da nichts; das sind alles keine Sünden und mit der Zeit wirst Du's schon lernen. — Blick' nur nicht so angstvoll darein — da nimm Dir eine Semmel und iß.

Lene

(greift nach einer Semmel, beißt ein Stück ab, legt sie wieder hin).

Juliane.

So iß doch!

Lene.

Ich — danke schön. —

Juliane.

Hast Du keinen App'tit?

Lene.

Ach — aber —

Juliane.

Nun?

Lene.

Ich — weiß nich — ich kann nich essen.

Juliane.

Warum denn nicht?

Lene.

Ich — weiß ja nich — ach Jott — (Sie zieht rasch das Taschentuch und fängt an zu weinen.)

Juliane.

Aber Kind, was ist denn eigentlich los? Hat es Dich ge-
kränkt, daß ich Dir ein paar gute Rathschläge gegeben habe?

Lene (schüttelt stumm das Haupt).

Juliane.

Du weißt doch, daß ich Dir das alles in Deinem eigenen
Interesse sage? Du wirst mir das doch nicht übel nehmen?

Lene (schluchzend).

Wer — spricht denn — von Uebelnehmen? Sie haben
ja — janz recht — und ich — hab's ihm ja gleich gesagt —

Juliane.

Was?

Lene.

Dem Herrn Aujust — daß ich viel zu ungebildet bin für ihn.

Juliane.

Das hast Du ihm gesagt?

Lene.

Aber er hat doch jar nich darauf hingehört — er — hat
nur dazu gelacht.

Juliane (für sich).

Und darum weinst Du jetzt, armes Ding. (Sie lauscht nach links, wendet sich dann zu Lene.) Hör' nur auf zu weinen jetzt, er kommt.

Lene (fährt angstvoll zusammen).

Ach?

Juliane.

Und er darf Dich nicht weinen seh'n.

Lene.

Nein, nein! (Sie wischt sich hastig das Gesicht ab.)

Zweiter Auftritt.

August (kommt von links zu den Vorigen).

August
(sieht mit leuchtenden Augen auf die Gruppe).

Bravo! So gefällt's mir; das sieht ja reizend aus! (Lene ist bei seinem Eintritt vom Sitze aufgesprungen.) Tüchtig gegessen und ge= trunken, Lenchen? Warum stehst Du denn? Bist Du schon fertig?

Lene.

Ja, ja.

August (setzt sich an den Tisch).

Ah, mir zu Gefallen, setz' Dich noch ein wenig, leiste mir Gesellschaft. (Lene setzt sich, indem sie es vermeidet, ihn anzusehen). Wie ihr das Kleid sitzt — was meinen Sie, Juliane? Famos! Wie?

Juliane.

Dafür, daß Sie es fix und fertig gekauft haben, ganz merkwürdig gut.

August.

Ja, was sagst Du dazu, Lenchen? Blindlings gehe ich gestern zu Gerson hinein — ich glaube, es ist das erste Mal in meinem Leben gewesen, daß ich in die Damen=Abtheilung gekommen bin —

Juliane.

Da muß ich Sie korrigiren —

August.

So?

Juliane.

Vor zwei Jahren sind Sie einmal für mich da gewesen.

August.

Wahrhaftig — das hatte ich doch ganz vergessen.

Juliane.

Sie haben es vergessen.

August.

Ich komme also zu Gerson. „Geben Sie mir ein fertiges Damen-Costüm," sage ich zu der Dame — so eine Art Vorsteherin, verstehst Du? — „Können Sie uns die Maße angeben?" fragt die Dame — nun habe ich mich doch gradezu geschämt — daran hatte ich wahrhaftig nicht gedacht. — „Wissen Sie was," sag' ich, „nehmen Sie von Ihren Probir-Mamsells die hübscheste, jüngste, schlankste, mit einem Worte, die netteste, die Sie haben, an der probiren Sie es, dann wird es grade recht sein." — Gesagt, gethan — ich packe das Kleid auf gut Glück ein — und jetzt sitzt es ihr wie angegossen! Was sagst Du dazu, Lenchen? Ist das nicht merkwürdig?

Lene
(reibt mit dem Taschentuche an ihrem Kleide).

Ich verdiene es gar nich —

August (lachend).

Was?

Lene.

Ich — hab' mir einen Grasfleck in das schöne neue Kleid gemacht.

August
(schlägt mit erkünstelter Ueberraschung die Hände zusammen).

Ist es möglich?

Lene.

Aber es soll jewiß nie mehr vorkommen.

August.

Wie ist denn das Unheil gescheh'n?

Lene.

Ach — ich —

Juliane.

Sie hat auf dem Rasen, bei den Rosen gekniet.

August (blickt in den Garten).

Und geharkt? Und etwa gar wieder Staub gewischt und gefegt?

Lene.

Nein, nein!

August (droht ihr mit dem Finger).

O Du — Du —

Lene.

Sei'n Sie nur nich böse —

August.

Böse? Weißt Du, worüber ich nun nächstens böse sein werde? Wenn Du nicht endlich aufhörst, mich „Sie" zu nennen. Komm — (er streckt ihr die Hand über den Tisch zu) gieb mir einmal die Hand — sieh mich einmal an — (Lene legt ihre Hand in die seinige) na —? so sieh' mir doch einmal in's Gesicht? (Lene wendet ihm das Gesicht zu.) Nu? Was ist denn das? Du hast ja geweint?

Lene.

Nein, nein —

August
(hält ihre Hand fest, blickt ihr in's Gesicht).

Denkst Du denn, ich bin blind? Warum hast Du geweint Lenchen? Ist Dir etwas zu Leide gescheh'n?

Lene.

Nein, nein.

August.

Hat Dir — jemand etwas gethan?

Lene.

Nein, gewiß nich!

August.

Aber wenn der Mensch weint, muß er doch einen Grund dazu haben?

Lene.

Ich habe ja gar keinen Grund — ich möchte nur —

August.

Du möchtest — was?

Lene.

Nur probiren — ob ich nich den Grasfleck aus dem Kleid bekomme.

August (ärgerlich lachend).

Der unglückselige Grasfleck.

Lene
(erhebt sich in nervöser Unruhe halb von ihrem Sitze).

Ich — möchte — aber wirklich —

August
(sieht sie einen Augenblick an, dann läßt er ihre Hand los).

Wenn Du durchaus willst — dann geh' nur.

Lene.

Ja — danke! (Sie läuft nach rechts ab.)

August (blickt ihr nach).

Als ob sie gejagt würde —

(Pause.)

August.

Weshalb hat sie geweint, Juliane?

Juliane.

Seit wann ist es denn Ihre Art, beim Ziele vorbei zu fragen?

August.

Wieso?

Juliane.

Es sollte doch wol eigentlich heißen: Was haben Sie ihr gethan?

August.

Das klingt aber wirklich etwas nach schlechtem Gewissen.

Juliane.

Ich will mit meinen Sünden nicht hinter'm Berge halten: ich habe den Anlaß zu diesen Thränen gegeben.

August (rückt mit dem Stuhle ab).

Da haben wir's!

Juliane.

Allerdings nicht mit Absicht —

August.

Ob mit Absicht oder nicht, Sie haben dem armen Kinde Kummer verursacht!

Juliane (sieht ihm in's Gesicht).

Ja — weil ich es Ihnen ersparen wollte, ihr diesen Kummer zu verursachen.

August.

Das ist mir völlig unverständlich.

Juliane.

Wenn sie mit Ihnen am Tische zusammensitzen wird — wenn sie dann den Zucker in die Hand nähme und den Kaffee in die Untertasse gösse —

August.

Dann würde ich lachen.

Juliane.

Nein — August.

August.

Jawohl, Juliane.

Juliane.

Einmal würden Sie es vielleicht thun —

August.

Aber ich bitte Sie; solche Kleinigkeiten!

Juliane.

Aber ich bitte Sie — (Sie bricht ab.)

August.

Was?

Juliane.

Täuschen Sie sich doch nicht selbst! Sie soll — doch Ihre Frau werden — wollen Sie ein Lebelang Gewohnheiten an ihr sehen, die Ihnen — fatal sein würden? Glauben Sie denn im Ernste, daß das auf die Dauer eine Kleinigkeit bleiben würde?

August.

Ein Leben lang — dann hätte ich es ihr bei Gelegenheit gesagt.

Juliane.

Das eben wollte ich Ihnen ersparen.

August.

Angesichts des Erfolges kann ich Ihnen aber nicht dafür danken.

Juliane (halblaut).

Darauf hatte ich nicht gerechnet. (Laut.) Aber wenn Sie es ihr gesagt hätten —

August.

Dann?

Juliane.

Dann wäre vielleicht etwas Schlimmeres eingetreten, als Thränen.

August.

Nämlich was?

Juliane.

Angst.

August

(versinkt in Gedanken, es tritt eine Pause ein; dann:)

Darum also hat sie geweint? Weil Sie ihr das sagten?

Juliane.

Ja.

August.

Und — blos darum?

Juliane.

Ich — denke. (Pause. August trommelt mit den Fingern auf dem Tische.)

August.

Weshalb meinten Sie denn, daß sie Angst haben würde?

Juliane.

O — ich —

August.

Vielleicht, weil es jetzt eben aussah, als ob sie davon liefe?

Juliane (senkt schweigend das Haupt).

August.

Oder haben Sie vorhin im Gespräch mit ihr die Empfindung bekommen, daß sie sich fürchtet? — War es darum, daß sie geweint hat? — So geben Sie mir doch eine Antwort.

Juliane (gepreßt).

Es ist — vielleicht nicht so einfach.

August (tief in Gedanken).

Wenn man nur begriffe. — Glauben Sie, daß sie sich vor mir fürchtet?

Juliane.

Ich glaube — sie hegt Ihnen gegenüber — die größte Ehrfurcht.

August (springt vom Stuhle auf).

Ehrfurcht! (Er geht im Zimmer auf und ab.) Aber an dem Allen seid Ihr schuld!

Juliane.

Wir?

August.

Ja! Ihr seid es, vor denen sie sich fürchtet! Sie erfriert an Euch! Aber ich weiß ja auch recht gut, woher das alles kommt —

Juliane.

Woher?

August.

Weil Euch die ganze Geschichte nicht paßt!

Juliane.

August.

August.

Es ist doch so! Ihr wollt es mir nicht verzeihen und es dem Mädchen nicht gönnen! Aber Euch zum Troße!

Juliane
(hat sich, leichenblaß, erhoben und steht an ihrem Plaße).

Nun merke ich wirklich, daß nicht für das Mädchen nur, sondern für uns Alle neue Verhältnisse gekommen sind.

August.

Wieso?

Juliane.

Weil ich es früher nicht für möglich gehalten hätte, daß Sie mir — so Unrecht thun könnten.

August.

Ich thue Ihnen nicht Unrecht.

Juliane.

Ja wirklich — das thun Sie! Wenn ich dächte, daß Sie mit ihr glücklich werden könnten —

August.

Wenn — ich will dieses verwünschte „wenn" nicht hören! Ich werde glücklich mit ihr werden!

112

Juliane.

So werden Sie es.

August.

Werden Sie es — werden Sie es — ich kenne Sie gar nicht mehr wieder!

Juliane.

Was thue ich denn?

August.

Sie thun, was die Anderen thun, die Elenden, die Erbärmlichen, die Einem die große Freudigkeit des Herzens vergällen und vergiften durch Mäkelei und Zweifelsucht!

Juliane.

Aber wenn es wirklich so wäre, was könnte Ihnen mein Zweifel denn anhaben, wenn Ihre Freudigkeit so groß ist?

(Während dieser Worte erscheint Lene auf der Gartenterrasse, auf die sie vom Nebenzimmer aus gelangt ist, und huscht, sich ängstlich umsehend, die Treppe hinunter in den Garten, in dem sie nach rechts verschwindet. Dies ist unbemerkt geblieben.)

August.

Nehmen Sie mir's nicht übel, das ist die Weisheit des Philisters, der vor etwas Neuem steht. Dies Manchesterthum der Gesinnung! Zu feige zur Feindschaft, zu neidisch zur Freundschaft und die sich mit dem elenden „gehen lassen, wie's gehen will" in die Thranhaut des Egoismus einwickelt.

Juliane (wirft das Haupt empor).

August.

Früher waren Sie muthiger; wenn Sie an mein Glück nicht glauben, warum sagen Sie es nicht heraus?

Juliane.

Warum?

August.

Ja, warum?

Juliane (qualvoll gepreßt).

Lassen Sie es genug sein —

August.

Nein, Sie sollen sagen.

Juliane.

Weil ich daran glauben möchte — daran glauben will! Weil ich keinen höheren Gedanken kenne — (sie bricht ab, man sieht den schweren inneren Kampf, in dem sie ringt).

August (der stehen geblieben ist und sie ansieht).

Als —?

Juliane (hervorbrechend).

Als Sie glücklich zu wissen! (Sie wendet sich rasch, wie mit Blut übergossen, zu der Gartenthür.)

August (geht hinter ihr drein).

Juliane —

Juliane (wehrt ihn ab, ohne ihn anzusehen).

Lassen Sie — lassen Sie — (halb für sich) man ist schließlich doch auch von Fleisch und Blut.

August.

Nein — geben Sie mir die Hand, Juliane — (er streckt ihr die Hand zu, in diesem Augenblick hört man aus dem Garten, von rechts, laute Stimmen und Gelächter. August läßt die Hand sinken). Hören Sie?

Juliane.

Ja.

August.

Das ist sie?

Juliane.

Sie muß in den Garten gelangt sein, während wir uns unterhielten.

August.

Und sie lacht? Sie ist vergnügt? (Juliane macht eine Bewegung, als wolle sie hinaustreten, er hält sie an der Hand zurück.) Nein, bleiben Sie — stören Sie sie nicht — lassen Sie mir den Ton — stundenlang könnt' ich hier steh'n und nur ihrem Lachen zuhören. Sehen Sie, es war alles nur Einbildung — sie ist glücklich, Juliane — Glauben Sie es? Glauben Sie es?

Juliane.

Ja — es scheint.

August.

Aber nun möcht' ich doch wissen — (er macht einen Schritt auf die Gartenthür zu).

Juliane (rasch einfallend).

Lassen Sie mich seh'n! (Sie tritt auf die Treppe hinaus, blickt um die Hausecke, kommt dann mit verlegenem Gesicht zurück.)

August.

Na?

Juliane.

Hermann.

August (mit unterdrücktem Laute).

Hm — (Er will auf die Gartentreppe hinaus, bleibt wieder steh'n, kämpft mit einem Entschlusse, wendet sich dann wieder kurz um und geht nach links ab. Juliane, die seinen inneren Kampf schweigend beobachtet hat, schüttelt, während er abgeht, sorgenvoll das Haupt, geht dann rasch nach rechts ab; die Thür bleibt hinter ihr unzugeklinkt.)

Dritter Auftritt.

Hermann (und) **Lene** (kommen über die Gartentreppe herein).

Lene.

Was bin ich? Eine Schwägerin in — was?

Hermann.

Eine Schwägerin in spe bist Du. (Er setzt sich an den Frühstückstisch und beginnt zu frühstücken. Lene setzt sich auf das Sopha.)

Lene.

In — Spe? Was ist denn das — in Spe?

Hermann.

Das ist so 'ne Art Sauce; da werden die Schwägerinnen brin aufgehoben, bis daß sie heirathen.

Lene (schüttelt sich vor Lachen).

Eine Schwägerin in Sauce!

Hermann.

Dann halten sie sich frischer, verstehst Du; nachher, wenn sie dann heirathen, schmecken sie besser.

Lene.

Eine eingemachte Schwägerin! Ne, was Sie für Ideen haben —!

Hermann.

Nicht wahr! Immer frisch, wie beim Bäcker die Semmeln.

Vierter Auftritt.

Ale (erscheint draußen am Fuße der Gartentreppe).

Hermann.

Was kommt denn da für ein Gartenspargel angewachsen? Onkel Ale!

Ale (bleibt grinsend unten stehen).

Hermann (macht Lene auf Ale aufmerksam, singt).

„Dies Bildniß ist bezaubernd schön" — was wünschen Sie, Wahlvorstand über Baumwolle und Leinen?

Ale
(ist die Stufen heraufgekommen, steht draußen an der Gartenthür).

Es is etwas für den Herrn Aujust.

Hermann.

Für den Schwiegerneffen? Weiß nicht, ob Seine Majestät schon Audienzen ertheilt; nehmen Sie mit mir vorlieb; kommen Sie 'rein in die gute Stube!

Ale (grinst verlegen).

Hermann.

Kommen Sie 'rein, Onkel Ale!

Ale (tritt verlegen herein).

116

Hermann (zeigt auf einen Stuhl am Tische).

Setzen Sie sich, Onkel Ale!

Ale (setzt sich).

Na — wenn Sie meenen —

Hermann.

Was ist denn los?

Ale (beugt sich dicht zu ihm, flüstert ihm in's Ohr).

Mit dem Flefeld is es — er möchte dem Herrn Aujust sprechen.

Hermann.

Und dazu schickt er Sie? Na ja, ich verstehe; Sie sind ja nu ein wichtiger Mann. —

Ale (dumm-pfiffig und geschmeichelt).

Sei'n Sie so jut.

Hermann.

Woll'n mal anstoßen, Compagnon. Aber Kaffee? Faules Gesöff — Maitrank is besser? Hm! (Er gießt aus der Rumflasche in zwei Wassergläser, schiebt eins derselben Ale zu.)

Ale.

Maitrank — is jut.

Hermann.

Pros't, oller Compagnon. (Stößt mit ihm an.)

Ale (wie vorhin).

Sei'n Sie so jut. (Trinkt, beugt sich dann wieder zu Hermann, ihm bedeutend, leise zu sein.) Ich jloobe — er will weg — der Flefeld.

Hermann.

Warum denn?

Ale
(mit einem Augenzwinkern nach Lene hin, grinsend).

's hat ihm 'nen Strich durch die Rechnung jemacht, — is neid'sch.

117

Hermann.

Hm — hm? (Er holt die Cigarrentasche heraus, hält sie Ale hin.) Na — wie wär's?

Ale.

Aber doch hier man nich?

Hermann.

Dann also für nachher. (Er nimmt die Cigarren aus der Tasche, stopft sie Ale zwischen die Knopflöcher seines Rocks.)

Ale.

Nanu? was wird denn das?

Hermann.

Lene, hast Du schon gewußt, daß Onkel Ale 'ne Kanone ist?

Lene (prustet vor Lachen).

Onkel Ale is 'ne Kanone!

Hermann.

Sieh' mal her: hier wird er geladen; eins, zwei, drei, vier, fünf, sechs Patronen — die reine Revolver-Kanone.

Ale.

Soll'n das Alles vor mir sein?

Hermann.

Jedem das seinige; für die Lene hab' ich auch etwas, aber was feines, wollen Sie's mal sehen, Onkel Ale?

Lene.

Für mich?

Hermann

(holt ein Päckchen in Seidenpapier aus der Tasche, entfernt das Papier; es erscheint eine goldene Halskette mit Medaillon, er hält sie empor).

Na nu mal!

Ale.

Des is aber wunderscheen! Fein is das! Piekfein!

Hermann.

Was sagst denn Du dazu, Lene?

Lene.

Das soll doch aber nich für mich sein?

Hermann.

Für wen denn sonst?

Lene.

Aber nich doch —

Hermann.

Dann kriegt's Onkel Ale. (Er hängt ihm die Kette um.)

Ale.

Na aber — sei'n Sie so jut.

Hermann.

Halten Sie stille — nu sieh' ihn Dir mal an, — Lene,
wie er aussieht.

Lene (schlägt in die Hände).

Wie Sie ausseh'n, Onkel — ne, wie Sie ausseh'n!

Hermann.

Zum Verlieben! Schade, daß Sie kein Mädchen sind,
Onkel Ale, schade!

Ale
(nimmt sich die Kette ab).

Wie lange soll ich denn hier statt's Affen sitzen? Sei doch
nich dämlich, Mädchen. (Er steckt ihr die Kette zu.) Wenn der junge
Herr Dir's doch schenken will?

Lene
(steht auf, nimmt die Halskette in die Hand).

Das is ja aber was kost — bares?

Hermann.

Werd' ich denn meiner Schwägerin was Ordinäres schenken?
Häng' sie um, Lene, häng' sie um.

Lene (steht unschlüssig).

Aber — ich weeß doch jar nich —

Hermann.

Dann muß man Dir helfen. (Er ergreift die Kette, wirft sie ihr über). **Da!**

Fünfter Auftritt.

August (erscheint in der Thür links).

August.

Helene!

Lene.

Ah! (Sie fährt mit einem Schrei herum, starrt entsetzt auf August. Ale springt auf.)

August
(geht einen Schritt auf sie zu, die Hand ausstreckend).

Aengstige Dich nicht —

Lene.

Ich — ich —

Sechster Auftritt.

Juliane (erscheint in der Thür rechts).

August (bleibt stehen).

Lenchen, ängstige Dich nicht; ich thue Dir nichts. Aber — thu' den Schmuck ab — willst Du?

Lene (reißt hastig die Kette ab).

Ja ja —

August.

Nur versteh mich recht; ich mache Dir keine Vorwürfe, Lenchen, ich befehle Dir nicht — ich meine nur — es ist besser, wenn Du es thust.

Lene.

Ja, jawohl — da is fie. (Sie steckt ihm die Kette zu.)

August

(nimmt die Kette aus ihrer Hand, steckt sie Hermann zu).

Du hörst — sie will Deine Kette nicht.

Hermann (steckt die Hände in die Hosentaschen).

Sie will nicht; Du möchtest es so gerne, aber sie will nicht! Unglaublich, solch ein Trotzkopf!

August.

Sie wollte von Anfang an nicht; Du hast sie ihr aufgenöthigt.

Hermann.

Seh'n Sie, Onkel Ale, warum haben Sie sie nicht behalten? Nun ist das Unglück fertig; nun hab' ich sie ihr aufgenöthigt!

August.

Nimm Deine Kette zurück.

Hermann.

Sie gehört Onkel Ale.

August.

Schmalenbach — ich denke, es wird Zeit, an die Arbeit zu geh'n? (Die Fabrikglocke läutet hinter der Scene.)

Ale.

Jawol — da läutet's ja schon — (Er geht an die Gartenthür; wendet sich dort.) Hätt' ich's doch nu bald verjessen: es is von wegen dem Jlefeld, daß ich jekommen bin.

August.

Paul Jlefeld?

Ale.

Indem daß er Ihnen sprechen wollte, Herr Aujust.

128

August.

Er soll kommen.

Ale.

Is jut, Herr Aujust. (Ab nach dem Garten.)

August (an sich haltend, zu Hermann).

Ich sage nun noch einmal: nimm Deine Kette zurück.

Hermann.

Ich werde doch meiner Schwägerin ein Brautgeschenk machen dürfen?

August.

Sie braucht keine Brautgeschenke von Dir.

Hermann.

Dann kann sie's als Hochzeitsgeschenk behalten.

August.

Nimm Deine Kette zurück!

Hermann.

Geschenke nimmt ein anständiger Mensch nicht zurück.

August (furchtbar losbrechend).

Nimm Deine Kette zurück!!

Hermann

(stutzt und fährt unwillkürlich zusammen, steht einen Augenblick in verbissenem Trotz, thut dann einen Schritt, reißt die Kette aus August's Hand an sich, steckt sie mit einem bösen Lachen in die Hosentasche und geht auf die Treppe hinaus).

Lene (bricht in Thränen aus).

Ich — hatte mir ja — wirklich nichts Böses bei gedacht.

August.

Das weiß ich, Lenchen; ich bin Dir auch nicht böse. Weine nicht, Lenchen — hör' mich doch an — ich bin ja nicht böse auf Dich — weine doch nicht so. (Er blickt in rathloser Trauer auf Lene.)

(Pause.)

Juliane.

Lenchen, ich will Dir was sagen: geh' jetzt zu Deiner Mutter hinüber; willst Du?

Lene (wischt die Thränen ab).

Ja — danke!

August.

Und nachher kommst Du wieder?

Lene.

Ja, jawohl — danke! (Sie läuft nach dem Garten ab.)

August

(blickt ihr nach, dann wendet er sich, dabei fällt sein Blick auf Juliane. Er streift sie mit einem Blick, schüttelt das Haupt und geht langsam vorn links ab).

Hermann
(kommt über die Treppe in das Zimmer nach vorn, sieht sich um).

Ist er weg? (Er wirft sich auf das Sopha.) Hahahahaha!

Juliane
(ohne ihn zu beachten, blickt in den Garten hinaus).

Hermann.

Nun haben Sie wol nichts mehr dagegen, wenn ich ein bischen lache?

Juliane
(setzt sich müde auf einen Stuhl an der Thür).

Wenn das, was Sie hier gehört und gesehen haben, es Ihnen nicht verbietet, dann lachen Sie nur.

Hermann.

Das was ich hier gehört und gesehen habe, ist der Blödsinn.

Juliane (macht eine stumme Bewegung).

Hermann.

Der haarsträubende, skandalöse Blödsinn.

Juliane.

Hermann —

Hermann.

Wenn ein Mensch in solchen Jahren sich in ein Fabrikbalg verliebt, daß seine Tochter sein könnte — na, meinetwegen — Menschen sind wir Alle. Wenn aber solch' ein Mensch, der aus allen Poren Weisheit schwitzt, wie ein dummer Junge, der von der Welt, vom Leben und von den Menschen nichts versteht, in die Geschichte hineinrennt und solch ein Frauenzimmer heirathet, dann giebt's dafür nur einen Ausdruck: Blödsinn! Blödsinn! Blödsinn!

Juliane.

Aber wenn er das Mädchen mißbraucht und verführt und unglücklich macht, das ist dann in der Ordnung? Nicht wahr?

Hermann.

Ist sie jetzt vielleicht glücklich?

Juliane (senkt das Haupt).

Hermann.

Na ja — thun Sie mir den Gefallen. Eine wandelnde Thränendrüse! Wie ein Huhn, das man hypnotisirt hat, läuft sie herum! Und dazu diese Verwandtschaft! Dieser Onkel Lumpenfaktor, der in der ganzen Fabrik 'rumposaunt, daß er nächstens unser Compagnon wird! Ein Skandal! Ein Skandal!

Juliane.

Ich kann es nicht mit anhören, wie Sie von Ihrem Bruder sprechen.

Hermann.

Herrgott — Sie werden mich doch nicht glauben machen wollen, daß Sie anders über die Sache denken?

Juliane.

Sie sollten mich lieber nicht fragen, wie ich denke.

Hermann.

Bitte, geniren Sie sich nicht.

Juliane.

Denn Sie sind ja ganz unfähig, einen Menschen, wie Ihren Bruder, zu beurtheilen; solch ein — großes — edles Herz —

Hermann.

Natürlich. Aber wissen Sie, in unserer Zeit gelten die Köpfe mehr als die Herzen, und wenn das große, edle Herz mit einem Kopf, der graue Haare bekommt, durchgeht, lacht man das große, edle Herz einfach aus; und zwar gehörig!

Juliane.

Und wenn ich wirklich Ihrer Ansicht wäre, daß Ihr Bruder einen Irrthum begangen hat, — so würde ich sagen — (Sie bricht ab.)

Hermann.

Kommen Sie nur 'raus mit Ihren Bonbons.

Juliane.

Daß es nichts Traurigeres giebt, als einem Menschen Recht geben zu müssen, den man — (Sie bricht wieder ab und wendet das Haupt.)

Hermann (steht auf).

Und so weiter — dankend für den Rest quittirt. Aber da ich sehe, daß Sie mit mir einverstanden sind, so werden Sie es begreiflich finden, wenn ich von jetzt an die Kuratel über meinen Vormund übernehme.

Juliane.

Was wollen Sie damit sagen?

Hermann.

Es soll doch schon vorgekommen sein, daß Leute sich verlobt, nachher aber noch lange nicht geheirathet haben.

Juliane.

Sie wollen dazwischen treten?

Hermann.

Dazwischentreten — ich werde mich hüten, solchem Ber=
serker entgegenzutreten.

Juliane (blickt ihn langsam an).

Ich glaube wirklich — Sie könnten sich in Acht nehmen.

Hermann.

Na gewiß.

Juliane.

Aber — Sie wollen irgend etwas thun —

Hermann.

Vielleicht.

Juliane.

Aber was?

Hermann (mit bösem Lächeln).

Damit Sie's ihm hübsch wiedererzählen können?

Juliane (qualvoll sinnend).

Sie — wollen ihm sagen, daß das Mädchen den Ilefeld
geliebt hat!

Hermann.

Ach seh'n Sie mal, das hatte ich ja noch gar nicht gewußt?

Juliane (für sich).

O —

Hermann.

Aber ich bin Ihnen dankbar; das ist schätzbares Material.

Juliane.

Aber Sie dürfen ihm das nicht sagen! Das — wäre eine
Infamie!

Hermann.

Hopp, hopp —

Juliane.

Das ist jetzt zu spät! Er hat sich mit ihr verlobt, er liebt
sie über alle Maßen; ihm jetzt das sagen, hieße, ihm Ruhe,
Glück und Frieden stehlen!

Hermann.

Beruhigen Sie sich nur; ich wollte Ihnen blos ein Ge=
schichtchen erzählen: Sehen Sie, als ich auf der Schule war,
war da ein Junge, dem seine Eltern eine Uhr geschenkt hatten;
eine ganz gemeine Tombak=Uhr. Aber der Dummkopf dachte,
es wäre Gold und war wie vernarrt in seine Uhr. Da war
es nun für mich ein Hauptspaß, als ich mir eines Tages
einen Probirstein verschaffte und ihm darauf bewies, daß seine
goldene Uhr von Tombak war.

Juliane.

Und damit verleideten Sie ihm seine Freude.

Hermann.

Aber gründlich.

Juliane.

Und das machte Ihnen Vergnügen.

Hermann.

Na ob — von dem Tage an schmiß er seine Uhr in die
Ecke und sah sie nicht mehr an.

Juliane (steht langsam auf).

Was soll die häßliche Geschichte?

Hermann.

Häßlich? Aber wahr. Sehen Sie, es giebt ausgewachsene
Männer, die eigentlich nichts weiter sind, als große Jungen.
Die jeden gewöhnlichen Tombak=Menschen für einen Gold=
Menschen halten, namentlich wenn er ein Arbeiter ist und einen
schlechten Rock trägt und schmierige Hände hat — ja ja, die
schmierigen Hände — sehen Sie, es giebt unter den Menschen
zwei Klassen: die Einen putzen sich die Nägel, das sind die
niederträchtigen, die Kanaillen — die Andern lassen es bleiben,
das sind die Edlen, die Guten — das ist die Weltanschauung
unseres „Herrn Aujust". Die Anschauung ist ja erhaben —
natürlich — sie hat nur einen kleinen Fehler: nämlich, daß sie
lächerlich ist. Und ich gehöre nun einmal zur Klasse der Nieder=

trächtigen, und sehen Sie, da würde es mir nun ein nieder=
trächtiger Spaß sein, ihm zu zeigen, daß seine Gold=Menschen
von Tombak sind; ihn so mit der Nase drauf zu stoßen, ver=
stehen Sie, daß seine Nase eine Beule behält für's Leben, die
ihn jeden Tag daran erinnert, daß er ein Narr gewesen ist
mit seiner schönen Theorie; daß die Menschen so sind, wie sie
sind, und nicht, wie er sie sich zurecht gemacht hat in seiner
verrückten Phantasie!

Juliane.

Hermann — ich weiß nicht, was Sie vorhaben und werde
aus Ihren Worten nicht klug; das eine aber fühle ich, daß
Ihr Bruder einen Irrthum beging, als er Sie hier festhielt.

Hermann.

Kommen Sie endlich dahinter?

Juliane.

Ich wußte es schon früher und habe es Ihrem Bruder gesagt.

Hermann.

Aber nicht energisch genug! Sonst wäre er von seinem
Wolkenpferd abgestiegen und zur Erde herunter gekommen!
Diese Idealisten! Diese Gerechtigkeits=Fanatiker, die die eine
Hälfte der Menschen todt trampeln, damit die andere leben
kann! Es giebt gar keine größere Pest für die Welt, als
diesen sogenannten Idealismus!

Juliane (sieht ihm in's Gesicht).

Ich habe es ihm gesagt, denn mir ahnte damals, was ich
jetzt weiß: er hat sich einen gefährlichen Menschen an sein
Leben gesetzt. (Sie geht rasch nach links vorne ab.)

Hermann
(geht auf und nieder, vor sich hinlachend).

An's Leben gesetzt — als wenn sie von einem Blutegel
spräche!

Siebenter Auftritt.

August (und) **Ilefeld** (kommen aus dem Garten).

Hermann (blickt hinaus).

Da kommen ja die beiden Liebhaber; hm — wäre doch interessant, zu erfahren, was die mit einander zu verhandeln haben. (Er geht nach rechts ab.)

(August und Ilefeld treten über die Treppe in das Zimmer ein.)

August.

Na, Ilefeld, was haben Sie mir zu sagen?

Ilefeld.

Herr Aujust — ick wollte um meine Entlassung jebeten haben.

August.

Was?!

Ilefeld.

Heute is jrade der funfzehnte — also zum nächsten Ersten vom Monat.

August.

Ilefeld? Sind Sie bei Trost?

Ilefeld.

Ja, Herr Aujust.

August.

Nu setzen Sie sich mal zunächst. — (Rückt zwei Stühle, setzt sich.)

Ilefeld
(bleibt am Stuhle stehn).

Danke schön. —

August.

Setzen Sie sich, sag' ich; lassen Sie uns vernünftig mit einander reden.

Ilefeld
(setzt sich ihm gegenüber, seinen Blick vermeidend).

August.

Sie wollen kündigen, Jlefeld?

Jlefeld.

Ja, Herr Aujust.

August.

Jlefeld — was ist los?

Jlefeld (halblaut).

Was soll denn weiter los sein?

August.

Wie lange sind Sie jetzt in der Fabrik?

Jlefeld.

Das werden nu so an die drei Jahre sein.

August.

Waren Sie zufrieden die Zeit über?

Jlefeld.

Ja, Herr Aujust.

August.

Sind Sie vorangekommen in der Zeit?

Jlefeld.

Ja, Herr Aujust.

August.

Wieviel verdienen Sie täglich?

Jlefeld.

Täglich an die sechs Mark.

Jlefeld.

Ist das zu wenig, Jlefeld?

Jlefeld.

Ne, Herr Aujust, das is nich zu wenig.

August.

Glauben Sie, daß Sie wo anders mehr verdienen?

Ilefeld.

Ne, Herr Aujust.

August.

Sind Ihnen Anerbietungen von wo anders her gemacht? Wollen Sie an eine andere Fabrik?

Ilefeld.

Ich weeß noch jar nich, wohin daß ich jehe.

August.

Na? Und —?

Ilefeld.

Ja, Herr Aujust.

August (springt auf).

Da hört doch alles auf!

Ilefeld (ist gleichzeitig aufgestanden).

August.

Aber zum Donnerwetter, warum wollen Sie fort?

Ilefeld.

Blos so —

August.

Das ist Quatsch!

Ilefeld.

Es sieht so aus — is ja wahr — aber — es jeht nich anders.

August.

Es geht nicht anders — was das für Redensarten sind! Ein vernünftiger Mann, wie Sie, sollte sich schämen, so etwas zu sagen!

Ilefeld.

Jott, seh'n Sie, Herr Aujust, wie soll ich's Ihnen sagen — — ich könnte nich mehr so wie früher in Ihre Fabrike arbeiten.

August.

Ihr Handwerk werden Sie doch nicht von gestern zu heute verlernt haben.

Flefeld.

Das nich — aber versteh'n Sie — so mit Lust und Ver=
jnügen.

August (tritt dicht an ihn heran).

Flefeld — seh'n Sie mich mal an — Sie wissen doch, daß Sie mir trauen können — haben Sie sich was zu schulden kommen lassen? Haben Sie ein schlechtes Gewissen?

Flefeld.

So wahr Jott im Himmel lebt — ne!

August.

Na aber dann — ist Ihnen hier was zu Leide gethan worden?

Flefeld (macht eine Bewegung).

August.

Sprechen Sie doch. Hat man Ihnen ein Unrecht gethan?

Flefeld (läßt den Kopf sinken).

Ein — Unrecht — das kann ich nich sagen — ne — ein Unrecht hat man mir nich gethan.

August.

Ein Unrecht nicht — aber sonst etwas?

Flefeld
(wendet das Haupt, spricht in sich hinein).

Das kann ich ihm doch nich sagen — dazu hab' ich doch kein Recht, daß ich ihr das Jlück verjifte.

August.

So reden Sie doch.

Ilefeld (preßt mühsam heraus).

Ne — es hat mir niemand nischt gethan.

August.

Also blos, weil's Ihnen nicht mehr paßt?

Ilefeld (nach abermaligem innerem Kampf).

Na ja — es paßt mir nich mehr.

August (geht zornig auf und ab).

Da haben wir's! Hundertmal hab' ich mich auslachen lassen, wenn ich der Einzige gewesen bin, der es bestritten hat, daß bei den Arbeitern heutzutage nicht Treu' noch Glauben mehr wäre — und nun muß ich's erleben, daß die da draußen doch Recht gehabt haben!

Ilefeld
(zerdrückt die Stuhllene zwischen den Händen).

Herr Aujust —

August.

Aber daß Sie es sein würden, der mir die Lehre giebt, das hätte ich nicht gedacht!

Ilefeld.

Sie werden ja leicht einen anderen Büttjesellen finden, Herr Aujust, und vielleicht auch 'nen billigeren.

August.

Schämen Sie sich, daß Sie mir so etwas sagen! Giebt's zwischen Arbeiter und Arbeitgeber also kein anderes Band mehr, als das Geld? Da schafft man für seine Fabrik, da bildet man sich ein, sie würden dahinter kommen, die Leute, daß das einen anderen Zweck hat, als nur Geld zu verdienen; daß das ein Werk ist, dem man um des Werkes willen dient, eine Lebens=gemeinschaft — denn so habe ich Euch angesehen — als meine Genossen — so habe ich Euch behandelt — ist das wahr, oder ist es nicht wahr?

Ilefeld.

Ja, Herr Aujust — des is wahr.

August.

Und das sag' ich Euch, Ihr seid auf schlechtem Weg, Ihr Arbeiter, wenn Ihr so weiter macht, wie jetzt, wenn Ihr die Arbeit nur als eine Waffe gebraucht, zu Eurem eigenen Vortheil! Arbeit erbaut die Welt; darum muß man sie um ihrer selbst willen thun, darum muß man sie lieben!

Ilefeld.

Is wahr —

August.

Und Sie — wenn ich Sie an Ihrer Bütte habe steh'n seh'n — mit der Schöpfform in der Hand — daß die Filze nur so flogen — na, hab' ich mir gedacht, das ist mal Einer, der hat seine Bütte lieb!

Ilefeld.

Des is wahr —

August.

Ah — jetzt glaub' ich Ihnen nicht mehr.

Ilefeld.

Herr Aujuft — als wär' ick mit ihr verheirath' jewesen, mit meine Bütte — so is es jewesen!

August.

Und da lassen Sie sie steh'n, damit irgend ein Andrer drüber herkommt? Was soll ich der Bütte denn sagen, wenn sie nach Paul Ilefeld fragt?

Ilefeld
(setzt sich schwer nieder, wischt sich mit der Hand die Augen).

Herrjott — Herrjott — Herrjott —

(Pause.)

Ilefeld (steht auf).

Is jut, Herr Aujuft — ick bleibe.

August (tritt auf ihn zu, ergreift ihn bei der Hand).

Na seh'n Sie, das ist recht.

Ilefeld.

Eh', daß Sie so von mir denken —

Achter Auftritt.

Lene (erscheint in der Thür links, bleibt einen Augenblick wie erstarrt stehen, tritt dann, bevor daß August, der ihr den Rücken zukehrt, sie gesehen hat, geräuschlos zurück und zieht die Thür wieder zu).

Ilefeld -
(hat Lene gesehen, zieht jetzt die Hand aus August's Hand, seufzt).

Ne — es jeht doch nich.

August.

Was geht nicht?

Ilefeld.

Daß ick bleibe.

August.

Nun mit einem Mal wieder?

Ilefeld.

Ja, Herr Aujust.

August.

Ilefeld — überlegen Sie sich's — meine Geduld hat auch ihre Grenzen!

Ilefeld.

Ja ja.

August (stampft mit dem Fuße auf).

Na — dann können Sie gleich gehen! Heute noch, verstehen Sie? Nun will ich Sie nicht einen Tag länger bei mir seh'n!

Ilefeld (nicht traurig).

Ja ja.

August.

Gehen Sie an die Kasse, lassen Sie sich Ihr Geld auszahlen und dann abieu. (Er geht nach links ab, wirft schallend die Thür hinter sich zu.)

Jlefeld (steht eine Zeit lang dumpf und nachdenklich).

Is das eine Jeschichte — is das ein unjlückliche Jeschichte.
(Er geht in schwerer Traurigkeit nach dem Garten ab.)

Neunter Auftritt.

(**August** (kommt von links zurück), **Lene** (halb gewaltsam an der Hand hereinziehend).

August.

Nein, ich habe es nun satt; Du sollst nicht immer vor mir
davonlaufen! Du sollst hereinkommen und mir endlich einmal
sagen, was das alles bedeutet! Ich denke, Du bist bei Deiner
Mutter drüben, und statt dessen stehst Du hinter der Thüre hier
und lauschst! (Er hat sie losgelassen und sich auf das Sopha gesetzt; Lene steht
mitten im Zimmer, nach dem Garten hinausblickend, wo sie Jlefeld abgehen sieht.)
Setz' Dich — wonach siehst Du? (Er folgt der Richtung ihres Blickes.)
Ja, der da — das ist auch so Einer — drei Jahre lang ist er
in meiner Fabrik, hat nur Gutes empfangen, und jetzt kündigt er
mir auf und geht!

Lene (halblaut, starren Blicks).

Geht —

August.

Weil's ihm so paßt! Natürlich hat irgend jemand ihm eine
Stelle mit größerem Lohn versprochen.

Lene (mit erstickender Stimme).

Das — glaub' ich nich —

August.

Natürlich, ich hab's auch nicht glauben wollen, denn ich habe
den Menschen lieb gehabt. Darum, siehst Du, mußt Du Dich
nicht hinter die Thüren stellen und lauschen; hörst Du, das mußt
Du nicht. Komm zu mir —

Lene
(geht plötzlich rasch auf die Gartentreppe zu).

August.

Wo willst Du hin?

Lene

(wie geistesabwesend, bleibt stehen).

Ich — weiß nich.

August.

Von mir fort willst Du! Aber ich will es nicht länger; ich thue Dir nichts, ich habe Dir nie 'was gethan; Du sollst bleiben — (er deutet auf das Sopha) setz' Dich!

Lene

(setzt sich auf einen Stuhl mitten im Zimmer).

August.

Nein, hier zu mir her.

Lene

(sieht scheu zu ihm hinüber).

August.

Mein Gott, was siehst Du mich denn an, als wollte ich Dich schlachten? Komm zu mir, sag' ich, ich will's!

Lene

(steht auf, bleibt zitternd am Stuhle stehen).

August (erhebt sich).

Ah — was soll denn das nun endlich? (Er faßt sie an der Hand, zieht sie zu sich heran, setzt sich auf das Sopha, Lene auf sein Knie.)

Lene (tödtlich erblassend).

Ach —

August.

Ist es denn möglich? Solch ein thörichtes kleines Ding? Da zittert es am ganzen Leibe! Lenchen, so werde doch vernünftig. Ist es denn ein Unrecht, wenn Du so bei mir sitzest? Sind wir denn nicht verlobt? Ist es so schrecklich, wenn ich Dir sage, daß ich Dich liebe? Hast Du denn eine Ahnung, wie ich Dich liebe? Siehst Du, wenn ich Dich so in den Armen halte, ist mir zu Muth, als hielt' ich die ganze Welt mit aller ihrer Herrlichkeit umfaßt — o Du liebstes Mädchen Du! (Er küßt sie leidenschaftlich.)

Lene (beugt das Haupt zurück).

Ach nich doch — ach nich doch —

August.

Erſchrick' nur nicht; ich will ja ruhig ſein. Aber ſo ſag'
doch etwas, ſo ſprich ein Wort.

Lene.

Ich — ich weiß ja nich —

August.

Du ſollſt mir ja keine Rede halten; ob Du mir gut biſt,
das ſollſt Du ſagen, nur, ob Du mir gut biſt?

Lene.

Ach — Sie — ſind ja ſo gut —

August.

Danach frag' ich ja nicht; ob Du mir gut biſt?

Lene
(will etwas erwidern, bringt aber keinen Laut hervor; man ſieht, wie ihre Lippen
zucken).

August.

Na —? Na —?

Lene.

Aber das — kann ich ja nich —

August.

Das kannſt Du nicht ſagen?

Lene.

Das — wäre doch nich — paſſend —

August.

Hahaha! Siehſt Du, dafür muß ich Dich nun wieder
küſſen. (Er küßt ſie.) Du Dummchen Du!

Lene.

Ach Gott —

August.

Ach Gott — so küß mich doch wieder, dann brauchst Du nicht zu seufzen; na? so entschließ' Dich; willst Du? Einen Kuß?

Lene (wehrt ihn ab).

Ach — bitte nich — bitte nich —

August.

Weil wir noch nicht Mann und Frau, weil wir noch nicht verheirathet sind? Darum willst Du nicht?

Lene.

Ja ja!

August.

Es ist gut, ich will Dich nicht quälen! Aber lange ver= lobt sein, weißt Du, das taugt nichts; darum wollen wir bald heirathen? Ja? In acht Tagen?

Lene (schreit auf).

Nein!

August.

Wie? Nein?

Lene.

Ich meine ja nur — ich — wollte ja nur sagen — Das — is doch gar zu rasch.

August.

Na gut also — in vierzehn Tagen; das ist doch Zeit genug? Ja?

Lene (tonlos).

In vierzehn Tagen.

August (in ruhiger Glückseligkeit).

In vierzehn Tagen also. Lenchen, Lenchen (er nimmt ihre Hände in die seinigen) nein, ängstige Dich nicht; nur anseh'n will ich Dich, nur mit den Augen den Reichthum umfassen, der mir in vierzehn Tagen nun gehören soll — ganz — ganz — (er lehnt das Haupt an ihre Brust). Wenn Du doch begriffest, daß Du es bist, die mich beschenkt, und wie reich Du mich beschenkst. Siehst Du, die Menschen da draußen, die man die Gebildeten, die Reichen nennt

— siehſt Du, ſie ſind ſo abgeſtanden, ſo leer; ſie können Einem ſo gar nichts geben; alles iſt angelernt und anerzogen — und darum eben, weil Du ſo anders biſt, ſo ungelernt, ſo ungebildet, darum eben, Lenchen, liebe ich Dich ſo. Die da draußen, ſiehſt Du, das iſt, als ob man brakiges Waſſer tränke, und Du biſt wie die Quelle im Walde, die aus der Tiefe der Erde ſteigt. O Du Quell meiner burſtenden Seele, wie will ich mich ſatt trinken an Dir! (Er richtet das Haupt auf, blickt ihr in's Geſicht und ſieht, daß ſie unter lautlos ſtrömenden Thränen daſitzt.) Lenchen — Du weinſt?

Lene.

Wenn Sie — ſo ſprechen —

Auguſt.

Thut es Dir weh, was ich ſage?

Lene.

Wenn ich — Sie ſo höre — ich kann's nich beſchreiben und nich ſagen — und daß ich's nich ſagen kann, das iſt ja eben das Unglück.

Auguſt.

Nein, Lenchen, ein Unglück wär's, wenn Du anders ſein könnteſt, als Du biſt. Aber faſſe doch Vertrauen; wenn wir verheirathet ſind, ſiehſt Du, dann zieht die Mutter zu uns in das Haus —

Lene (tief ſeufzend).

Die Mutter — ja — und — Sie wollten ſie ja in das Bad ſchicken?

Auguſt.

Und wenn Du willſt, reiſen wir mit ihr dahin, und ſie wird wieder friſch und geſund —

Lene (drückt unwillkürlich ſeine Hand).

Ach ja.

Auguſt.

Siehſt Du? Glaubſt Du nun an das Glück? (Er hat ſich mit Lene erhoben und ſteht jetzt, ſie ſanft umfaſſend, neben ihr.) Niemand kann ja zum

Menschen sagen, Du wirst glücklich sein; das wäre vermessen, das steht in Gottes Hand, aber einen Menschen, der es versuchen wird, Dich glücklich zu machen, den wirst Du haben, Lenchen; einen Menschen, der jeden Dorn und jeden Stein aus Deinem Wege räumt und jeden Morgen mit dem Gedanken aufstehen wird, wie er es anfangen soll, daß Du am Abend in Glück und Frieden einschläfst — glaubst Du mir das, Lenchen? Glaubst Du mir das?

Lene.

Ja — ja —

August.

Nein — nun mußt Du mir das anders sagen.

Lene.

Wie denn?

August.

Ja, August — ich glaube es Dir; so sag's.

Lene.

Nein — bitte.

August.

Ja doch, Helene.

Lene (nach ringendem Kampfe).

Ja — August — ich (sie will sich von ihm losreißen) ich kann nich!

August (hält sie in seinen Armen fest).

Ich fordre es, Helene; Du mußt diese thörichte Scheu über=winden. Du mußt Du zu mir sagen.

Lene (am ganzen Leibe zitternd).

August — ich' — glaube Dir.

August (reißt sie jubelnd an sich, läßt sie).

Endlich ist es heraus! Und nun quäle ich Dich nicht länger, nun geh' ich, nun leb' wohl — (er geht, kehrt wieder zu ihr zurück, schließt sie noch einmal in die Arme) Lenchen! Nein, nein, Du willst es ja nicht haben — ich küsse Dich jetzt nicht mehr! Aber in vierzehn

141

Tagen, Lenchen, in vierzehn Tagen! Mein Herz, meine Seele, meine Frau.   (Er geht mit leuchtenden Blicken links ab.)

Lene
(steht wie erstarrt auf demselben Fleck, streicht sich dann langsam über die Stirn).

Nu hab' ich mich um die Seele gelogen — was hab' ich denn gesagt? In vierzehn Tagen soll ich ihn heirathen? Das is ja nich wahr! Das is ja nich möglich! Das geht ja nich!

Zehnter Auftritt.

Lene. Hermann.

Hermann
(ist, sobald August abgegangen, in der Thür rechts erschienen, sagt kaltblütig).

Ne, Lene, es geht auch nicht.

Lene (fährt auf).

Ach —?

Hermann.

Na, erschrick man nicht, gut Freund.   (Er streckt ihr treuherzig die Hand hin.)

Lene
(stürzt sich auf seine Hand, ergreift sie mit beiden Händen).

Helfen Sie mir, Herr Hermann, bitte, bitte, helfen Sie mir!

Hermann
(nimmt sie, wie beschützend, in die Arme).

Dazu komme ich ja eben.

Lene.

Mir is so schrecklich zu Muth!

Hermann.

Reg' Dich nicht auf; mit mir kannst Du ja von der Leber weg sprechen, das weißt Du doch.

Lene.

Es is wahr; mit Ihnen habe ich immer viel leichter reden können, als wie mit ihm.

Hermann.

Weil ich nicht so ehrwürdig bin.

Lene.

Davon wird es wohl sein.

Hermann.

Siehst Du, es hat auch sein Gutes, wenn der Mensch nicht gar zu heilig ist.

Lene.

Ja, ich weiß nich, was das is, aber wenn ich zu ihm sprechen soll, denn — wird mir inwendig ganz kalt; rein als wie vor den Kopf geschlagen bin ich und kein Wort kann ich 'rausbringen! — Und so is das Unglück nu gekommen.

Hermann.

Daß Du ihn heirathen sollst?

Lene.

(drückt in unwillkürlicher Angst ihr Haupt an seine Brust).

Ach Gott, ach Gott, ach Gott!

Hermann

(blickt schweigend, mit heiß begehrlichem Blick auf sie nieder, dann fragt er).

Du möchtest also nicht?

Lene.

Ich kann ja nich! Ich hab' mir ja die größte Mühe gegeben! Es is ja so Unrecht — aber ich kann ja nich!

Hermann.

Warum soll's denn ein Unrecht sein?

Lene.

So ein juter Mann! So ein erhabener Mann! Wenn man ihn so sprechen hört, das is doch grade, als wenn man in der Kirche is und hörte den Prediger von der Kanzel —

Hermann.

Na ja, der liebe Gott ist ja auch gut, aber darum hei=rathet man ihn doch nicht?

Lene (mit unwillkürlichem schwachem Lächeln).

Aber — Sie?

Hermann (faßt sie unter's Kinn).

Siehst Du, nu kannst Du schon wieder lächeln; wir zwei beide haben uns immer gut verstanden.

Lene.

Ja, ja.

Hermann.

Darum möchte ich Dir auch jetzt gerne helfen.

Lene.

Ach, ja, bitte, bitte!

Hermann.

Aber die Geschichte ist nicht so leicht. Du bist ihm doch nu einmal verlobt.

Lene.

Ja, freilich.

Hermann.

Am einfachsten wäre es schon, Du gingst zu ihm hin und sagtest ihm, daß es Dir nicht mehr paßt.

Lene.

Nein, nein, das nich!

Hermann.

Das nicht?

Lene.

Das krieg' ich nich fertig! Nich um die Seligkeit!

Hermann.

Dann bleibt nichts andres übrig, dann muß er kommen und sagen, es paßt mir nicht mehr.

Lene.

Aber das thut er ja nich! Das thut er ja im Leben nich!

Hermann.

Habt Ihr Euch schon geküßt?

Lene (senkt schamvoll das Haupt).

Hermann.

Mir kannst Du's ja sagen.

Lene (leise flüsternd).

Er — mich.

Hermann.

Hm —

Lene (leise flüsternd).

Und da — is mir doch gewesen — als müßte ich gleich des Todes sein.

Hermann.

Na ja, Du liebst ihn nu mal nich; dafür kannst Du nicht und darum mußt Du aus der Geschichte 'raus, das ist klar. Dann giebt's nur ein Mittel, daß er Dich wieder losläßt: er muß denken, daß Du einen Andern liebst.

Lene.

Ach — wissen Sie —

Hermann.

Na?

Lene.

Ne — das kann ich Ihnen nich sagen.

Hermann.

Vor mir darfst Du aber doch jetzt keine Heimlichkeiten haben?

Lene.

Es is ja auch wahr — ich — liebe ja Einen.

Hermann.

So?

Lene (bricht in Thränen aus).

Aber der is nu jegangen — und will — von mir —
nichts mehr wissen.

Hermann.

Der Ilefeld? Nicht wahr? Den er eben weggeschickt hat.

Lene.

Hat er ihn denn weggeschickt? Ich denke, er is freiwillig
jegangen?

Hermann.

Na soviel hab' ich gehört, daß er ihm gesagt hat: nu will
ich Sie nicht einen Tag länger bei mir haben.

Lene.

Seh'n Sie, mir is doch auch gewesen, als hätte ich so etwas
gehört.

Hermann (faßt sie unter's Kinn).

Ein bischen gehorcht? Hm? —

Lene.

Rein durch'n Zufall bin ich dazu gekommen, wie sie hier
sprachen, und dann bin ich zurückgegangen und dann — hab' ich's
gehört; er sprach so laut.

Hermann.

Ja, er schien ganz fuchswild. Dann wird es der Ilefeld
ihm wol gesagt haben, daß Ihr Euch gut seid.

Lene.

Ach — meinen Sie?

Hermann.

Ich weiß nicht, aber warum soll er denn sonst so wüthend
auf ihn gewesen sein?

Lene.

Und beshalb ihn weggeschickt? Das wär' doch aber nich recht.

Hermann.

Ja nu — wenn jemand verliebt ist, dann ist er auch eifersüchtig.

Lene.

Der arme Mensch — der arme Mensch — und mir hat er gesagt, daß er freiwillig ginge.

Hermann.

Dann wird's freilich nichts helfen, wenn Du ihm sagst, daß Du den Ilefeld lieb hast, dann läßt er Dich erst recht nicht los. Dann mußt Du Dir was anderes ausdenken.

Lene.

Aber was denn nur — was denn nur?

Hermann.

(geht, scheinbar in Gedanken versunken, im Zimmer auf und ab, bleibt dann vor ihr stehen und sagt, halb scherzenden Tones).

Ein Mittel gäbe es noch — und das hilft — soll ich Dir's sagen? —

Lene (blickt ihn erwartungsvoll an).

Hermann.

Du gehst mit mir durch.

Lene.

Wie — —?

Hermann (leicht lachend).

Na ja, Du läufst ihm davon, und ich gehe mit, dann bildet er sich ein, Du bist in mich verliebt.

Lene (sieht ihn verdutzt an).

Aber —

Hermann.

Und darin ist er komisch, siehst Du: Sobald er das denkt, läßt er Dich 'raus.

Lene.

Aber — das is doch nur — gespaßt?

Hermann.

Ne, warum denn? Wär's denn so unglaublich, daß Du mir ein bischen gut wär'st?

Lene.

Is denn das — wirklich Ihr Ernst?

Hermann.

Was denn sonst?

Lene.

Ich verstehe aber noch gar nich —

Hermann.

Ist doch aber einfach genug: ich bringe Dich nach Berlin und da miethe ich Dir 'ne Wohnung und da wohnst Du dann so lange.

Lene.

So — lange.

Hermann.

Bis Dein Ilefeld eine andere Stelle hat; und dann könnt Ihr Euch heirathen.

Lene (fährt freudig auf).

Ach wahrhaftig!

Hermann,

Na ja, siehst Du, man muß die Dinge nur von allen Seiten anseh'n.

Lene.

Das sieht wirklich aus, als könnt's was werden.

Hermann.

Freilich wird's was werden.

Lene (mit einem Seufzer).

Aber — es jetzt doch nich.

Hermann.

Geht nicht?

Lene.

Ne, ne.

Hermann.

Warum denn nicht?

Lene.

Ich kann's nich so sagen — es — kommt mir so komisch vor.

Hermann.

Ein bischen Courage gehört natürlich dazu.

Lene.

Aber — ich schäme mich so. (Sie bedeckt ihr Gesicht mit beiden Händen.)

Hermann.

Na — wenn Du nicht willst — ich werde Dir nicht zureden.
(Er geht im Zimmer, scheinbar ärgerlich, auf und ab.)

Lene.

Ich — meine ja nur —

Hermann.

Ne, wie gesagt — ich habe Dir helfen wollen, weil Du mir
leid gethan hast; aber wenn Du nicht willst — na, denn ist gut;
Schwamm drüber.

Lene.

Ich —

Hermann (zieht die Uhr).

Ich muß so wie so in's Comtor (er geht an die Thür, ergreift die
Klinke, als wollte er abgehen). In vierzehn Tagen also ist die Hochzeit.

Lene
(mitten auf der Bühne stehend, bricht in hilfloses Weinen aus).

Hermann
(wendet von der Thür her das Haupt zu ihr).

Na —?

149

Lene.

Wenn Sie auch gehn — denn habe ich ja Niemanden mehr. —

Hermann (kommt zu ihr zurück).

Da hast Du recht.

Lene.

Und wenn Sie meinen — daß es — wirklich gar nich — anders jetzt —

Hermann.

Ich hab' Dir doch alle Möglichkeiten vorgerechnet.

Lene.

Ja, ja — und denn — (sie fährt in plötzlichem Schreck auf) ach, Du Herrjott — ne! Das hatt' ich ja ganz vergessen!

Hermann.

Was ist denn nu wieder?

Lene (sieht ihn voller Angst an).

Die ganze Geschichte jetzt ja nich — meine Mutter —

Hermann.

Was ist denn mit Deiner Mutter?

Lene.

Weil er doch versprochen hat, wenn ich ihn heirathe, denn wollte er meiner Mutter Geld geben, damit daß sie in's Bad reisen und jesund werden kann — und nu — wenn ich nu davonjehe — (sie sinkt in dumpfer Muthlosigkeit auf einen Stuhl) nu is es aus — nu is alles aus.

Hermann
(in dessen Gesicht ein heißes Leuchten aufgeht, tritt hinter ihren Stuhl).

Das hat er Dir versprochen? Na, dann will ich Dir mal was sagen, Lene: Deine Mutter soll auch so in's Bad geh'n können.

Lene (fährt mit dem Kopfe auf).

Wie?!

Hermann.

Wenn er das Geld nicht giebt, dann giebt's ein Andrer, dann thu' ich's.

Lene (springt auf).

Sie?

Hermann.

Und wenn's das erste Mal nicht hilft, dann für's nächste Jahr auch; dazu hab' ich's noch, Gott sei Dank.

Lene.

Das woll'n Sie? Das woll'n Sie thun? (Sie greift nach seinen Händen.)

Hermann (gutmüthig lachend).

Was ist denn da dabei?

Lene.

Und — blos so?

Hermann.

Blos, damit Du siehst, daß ich nicht so schlimm bin, wie ich aussehe.

Lene (sieht ihm staunend in's Gesicht).

Herr Hermann — das hätt' ich nich von Ihnen gedacht — Sie — sind ja gut?

Hermann (schließt sie lachend in die Arme).

Siehst Du, nu könnt' ich Dir ganz gut einen Kuß geben, aber nu thu' ich's nicht; weil Du sonst wieder denkst, ich wollte was dafür haben.

Lene (überlegt einen Augenblick, dann hebt sie das Haupt).

Ach — (sie reicht ihm den Mund zum Kusse).

Hermann (küßt sie auf den Mund).

Na — so: hat's weh' gethan?

Lene (schüttelt schamhaft lächelnd den Kopf).

Hermann (läßt sie los).

Nu aber Schuß! Morgen früh vier Uhr kommt der Stettiner Zug hier durch, mit dem fahren wir nach Berlin.

Lene.

Morgen früh —?

Hermann.

Ja natürlich; die Wände haben Ohren; wenn wir uns nicht beeilen, kriegen sie's heraus und halten uns fest. Du schläfst mit Deiner Mutter in einem Zimmer?

Lene.

Ja.

Hermann.

Also mußt Du Dich heut Abend in's Bett legen und warten, bis Mutter eingeschlafen ist. Schläft sie fest?

Lene.

Ne, sie wacht oft auf.

Hermann.

Hm —

Lene.

Und überhaupt — sie schläft so schwer ein — nie vor Mitternacht.

Hermann.

So lange also mußt Du liegen bleiben; und dann, wenn sie eingeschlafen ist, stehst Du ganz sachte auf und gehst aus dem Zimmer.

Lene.

Und dann warte ich im Vorderzimmer? Bis daß es Zeit wird für die Eisenbahn?

Hermann.

Ja — und dann treffen wir uns auf dem Bahnhof.

Lene.

Ja, ja.

Hermann.

Aber da fällt mir ein; so geht's nicht. — Denn sieh mal, wenn Du im Vorderzimmer sitzt und sie aufwacht und Dich sucht und Dich vorne findet, dann holt sie Dich zurück.

Lene.

Ja, ja — — denn werde ich lieber gleich bis halb viere liegen bleiben und denn erst aufstehn?

Hermann.

Das geht aber auch nicht; denn es wär' doch möglich, siehst Du, daß sie aufwacht, wenn Du aufstehst, und dann fragt sie Dich und hält Dich fest und dann verpaßt Du den Zug.

Lene.

Wie soll ich's denn aber denn nur machen?

Hermann.

Sobald Du aufgestanden bist, mußt Du aus dem Hause geh'n — dann findet sie Dich nicht, wenn sie Dich sucht.

Lene.

Die arme Frau —

Hermann.

Das hilft nu nicht.

Lene.

Es is doch nich recht —

Hermann.

Wird ja alles wieder gut, wenn ich ihr das Geld für die Badereise gebe.

Lene.

Ach Jott — ja.

Hermann.

Aber — nu heißt's überlegen — wo Du unterdessen bleibst? Auf der Straße kannst Du doch nicht bleiben? Und im Garten auch nicht — (schlägt sich vor die Stirn) na so dumm — da sieht man wieder mal den Wald vor Bäumen nicht —

Lene.

Wie denn?

Hermann.

Ganz einfach: Du kommſt zu mir 'rauf, in mein Zimmer.

Lene.

In Ihr — Zimmer?

Hermann.

Na ja natürlich; da ſucht Dich niemand; und dann geh'n wir zuſammen nach der Eiſenbahn.

Lene (ſeufzt ſchweigend tief auf).

Hermann.

Ich erwarte Dich; ich lege mich überhaupt gar nicht erſt ſchlafen.

Lene
(hat das Geſicht mit beiden Händen bedeckt).

Hermann.

Na?

Lene.

Aber — wie — kann ich denn das —?

Hermann.

Herrgott, was da nu wieder dabei iſt! Ob Du Dich hier mit mir unterhältſt, oder auf meinem Zimmer, iſt das ein Unterſchied?

Lene.

Aber ſo — in der Nacht —

Hermann.

Na ja — wenn Du Dich wieder fürchten willſt, dann laß man die ganze Geſchichte bleiben; das hätt'ſt Du mir gleich ſagen können! (Er geht auf und ab.)

Lene (geht ihm nach).

Sei'n Sie doch man nich böſe — es is jewiß recht dumm von mir — Sie — ſind ja janz anders — als ich gedacht hatte.

154

Hermann.

Entschließen mußt Du Dich nu aber; ja oder nein?

Lene.

Und — anders — jeht es nich —?

Hermann.

Wie oft soll ich denn dieselbe Geschichte sagen?

Lene
(nach einem letzten, schweren inneren Kampfe, abgewandten Gesichts).

Also — es — is gut.

Hermann (faßt mit heißem Griffe ihre Hand).

Du kommst?

Lene (leise hauchend).

Ja.

Hermann.

Und nu laß die dumme Angst sein!

Lene.

Ja — ja — (sie wendet sich zur Thür links, bleibt an der Thür noch einmal unschlüssig steh'n, kommt noch einmal angstvollen Blickes zurück). Es — is doch — ich (sie steht mit ringender Brust, richtet sich dann auf). Nein — nein — 's is gut — ich komme.

(Sie wendet sich abermals zum Abgang.)

(Vorhang fällt.)

(Ende des dritten Aktes.)

Vierter Akt.

(Das Wohnzimmer Hermann's. Mittelgroßer Raum, eine Thür rechts, eine Thür im Hintergrunde, die in das Schlafzimmer führt [durch eine Portière geschlossen]. Links an der Wand zwei Fenster, vor denen die Gardinen herabgelassen sind. Im Hintergrunde, am zweiten Fenster, ein Schreibtisch mit verschiedenen Fächern. An der Wand rechts ein Schrank; im Vordergrunde, nach links hinüber, ein runder Tisch mit Sopha. Junggesellen-Einrichtung; es ist Nacht; eine brennende Hängelampe giebt Licht.)

Erster Auftritt.

Hermann
(steht am Fenster, durch den Gardinenspalt hinausblickend).

Kommt noch nicht — kommt noch immer nicht — muß doch zwölf Uhr durch sein? (Er zieht die Uhr.) Natürlich — längst — die Alte könnte nachgrade schlafen. (Er verläßt das Fenster, geht im Zimmer auf und ab.) Glaube wahrhaftig, ich bin aufgeregt. Wie ein Tertianer beim ersten Stelldichein. — (Er setzt sich vor den Schreibtisch, zieht ein Fach auf, nimmt eine Geldrolle heraus, wiegt sie in der Hand.) Die Badereise für Madame Schmalenbach — was nicht aus'm Menschen werden kann — mit einmal ein Wohlthäter! War ordentlich rührend, wie das Mädchen sich bedankte. — (Er holt eine zweite Rolle aus dem Fache.) Das ist für ihre Wohnung in Berlin. Wo denn am besten? In der Taubenstraße. — Ne — da wohnt die Ida — möchte nicht, daß sie mit dem Frauenzimmer zusammenkäme — ist doch was anderes. — Fabelhaft — solche Unschuld — hält mich wahrhaftig, glaub' ich, für 'ne Art Heiligen — man könnte ordentlich stolz werden. (Er versinkt in Gedanken, dann fährt er auf.) Nanu? Wahrhaftig, ich glaube — ich werde sentimental — einen Cognak! (Er geht an den Schrank rechts, nimmt eine Cognakflasche heraus, schenkt sich ein Glas voll, trinkt es hinunter, schüttelt sich.) Das geht vorüber. (Er nimmt

156

eine andere Flasche aus dem Schranke.) Was ist das? Malaga. Du
kommst mir gelaufen! (Er greift aus dem Schrank einen Pfropfenzieher.)
Das ist was für die Weiber, das süße heiße Zeugs. (Während
er dabei ist, die Flasche zu entkorken, lauscht er auf und eilt an's Fenster.) Hm?
— Ne — ob sie denn überhaupt kommt? (Er tritt vom Fenster
zurück, zieht den Stöpsel aus der Flasche, schenkt sich ein Glas voll, kostet.) Der
thut's — Pros't, Haubenlerche! (Er trinkt das Glas aus, dann lauscht er
wieder auf.) Aber das war die Gitterthür! (Er setzt hastig Flasche und
Glas in den Schrank zurück, wirft die Schrankthür zu, stürzt an's Fenster.) Das
ist sie — da kommt sie! (Er drückt das Gesicht an die Fensterscheibe.)
Donnerwetter — scheint eben aufgestanden, das Haar hängt
ihr lang 'runter — das Haar! Das Haar! Jetzt wutscht sie
in's Haus — jetzt kommt sie — (Er verläßt das Fenster, geht im Zimmer
auf und ab, wild erregt, seine Hände greifen in die Luft, öffnen und schließen sich.)
Wie das schön ist! Wie das sich neigt und beugt in seiner
Angst, wie ein Rosenstock im Gewitterregen. Ich muß sie
haben — ich — muß das Frauenzimmer haben — ich — (er geht
an den Schreibtisch, reißt die Hülsen von den Geldrollen, ein Haufen Goldstücke fällt
heraus, er rafft das Geld zusammen.) Da — so macht sich's besser —
so — wirkt das mehr — alles sollst Du haben — (er lauscht
nach der Thür rechts). Pst — da ist jemand — (er legt das Gold auf den
Schreibtisch zurück) nur Ruhe jetzt — nur Ruhe — kaltes Blut —
(er geht an die Thür rechts, öffnet sie halb, spricht heiser, mit erzwungener Gleich-
gültigkeit). Na, Lene — bist Du da?

Zweiter Auftritt.

Voriger. **Lene** (im Anzuge wie im 2. Akt, tritt herein, ihr Haar, halb aufgesteckt,
hängt halb herab; indem sie über die Schwelle tritt, vermeidet sie, Hermann anzu-
blicken und erwidert auf seine Frage kaum hörbar.)

Lene.

Ja —
(Sobald sie eingetreten ist, schließt und verriegelt Hermann die Thür hinter ihr, Lene
flüchtet in die Ecke, die der Schrank rechts mit der Wand bildet, drückt sich in die
Ecke, die Hände vor's Gesicht geschlagen.

Hermann
(steht mitten im Zimmer).

Was ist denn nu los? — So komm' doch. (Lene schüttelt
schweigend das Haupt.) Du kannst doch da nicht stehen bleiben? So

sei doch vernünftig! — Na — dann werde ich mich hierher setzen — (er geht an das Sopha, setzt sich in die Ecke desselben, schlägt ein Buch auf, das auf dem Tische liegt.) Siehst Du, nu lese ich, und bekümm're mich gar nicht um Dich — nu kannst Du Dich doch beruhigen. — Aber Dein Haar steck' nur auf; so kannst Du doch nicht auf die Eisenbahn geh'n.

Lene

(läßt die Hände vom Gesicht, faßt nach ihrem Haar).

Mein Haar.

Hermann

(deutet auf den Spiegel, der zwischen den Fenstern hängt).

Da — ist ein Spiegel.

Lene (kommt aus der Ecke, tritt vor den Spiegel).

Ach du Jott — wie ich aussehe!

Hermann.

Bist wohl eben erst aufgestanden?

Lene (fängt an ihr Haar aufzustecken).

Es hat heute so lange gedauert, bis Mutter einjeschlafen is — ach Du Jott, Du Jott — is mir zu Muth!

Hermann.

Das geht vorüber — das muß nu überstanden werden. Nanu komm und setz' Dich — da — auf's Sopha. (Lene macht unwillkürlich einen Schritt von ihm hinweg.) Hab' Dich doch nicht — ich nehme mir 'nen Stuhl, dann brauchst Du nicht mit mir zusammen zu sitzen. (Er steht auf, setzt sich auf einen Stuhl am Tische, Lene geht um die andere Seite des Tisches herum, setzt sich zaghaft auf's Sopha, drückt sich in die Ecke. Hermann nach einer kurzen Pause.) Mo'jen, Lene.

Lene (mit einem Anflug von Lächeln).

Ach — Sie —

Hermann.

Na ja, nu fängt's neue Leben an, darum sage ich, guten Morgen — (streckt die Hand über den Tisch) man Courage, ein bischen — was soll die Kopfhängerei nützen?

158

Lene (legt ihre Hand in die seinige).

Ja ja —

Hermann.

So ist recht — was Du aber für kalte Hände hast.
Da müssen wir gleich mal ein bischen einheizen. (Er geht an den Schrank,
nimmt die Malaga-Flasche und zwei Gläser, setzt die Gläser auf den Tisch und füllt
sie.) So — da trink' mal.

Lene.

Ne ne — danke.

Hermann.

Herrgott, Du brauchst Dich nicht zu fürchten, 's is kein
Gift. Da — ich komme Dir eins — (er stößt mit seinem Glase an
das andere, das auf dem Tische steht, an, trinkt es aus). Du wirst mir doch
Bescheid thun, Du weißt doch, was Manieren sind.

Lene (nippt an dem Glase).

Was — is denn das? (Sieht ihn erstaunt an.)

Hermann.

Das ist spanischer Wein; schmeckt er Dir?

Lene.

Wunderschön — ja.

Hermann.

Na so trink' aus.

Lene (leert das Glas).

Ah —

Hermann (schenkt die Gläser wieder voll).

Lene.

Man nich zu viel.

Hermann.

Ach was, zu viel; wirst mal seh'n, wie Dir das bekommt.
Da kriegt man Courage davon. (Er streckt ihr die Hand hin.) Fürchtest
Du Dich jetzt noch?

Lene (legt ihre Hand in seine).

Schon ein bischen weniger.

Hermann.

Siehst Du; wirst schon noch dahinter kommen, daß Du keinen bessern Freund auf der Welt hast, als mich. — Was siehst Du mich denn so an?

Lene.

Ich dachte blos so.

Hermann.

Was denn?

Lene.

Es — is doch alles — so merkwürdig.

Hermann.

Daß wir hier so sitzen?

Lene.

Ja — und denn — was es für 'ne Menge Sachen giebt, wovon ich noch jar nichts weiß.

Hermann.

Wie denn das? Weil ich von Spanien sprach?

Lene.

Das auch —

Hermann.

Wenn ich erst aus der Fabrik bin, dann reis' ich um die Welt — willst Du mit kommen?

Lene.

So 'ne Idee.

Hermann.

Ist mein völliger Ernst; ich nehm' Dich mit, wie Du bist; dann reisen wir incognito.

Lene.

Was heißt denn das?

Hermann.

Daß die Leute denken, wir find Mann und Frau. —

Lene (schiebt sich vom Tische zurück).

Ach so —

Hermann (lacht).

Wir würden gar nicht das schlechteste Paar abgeben, was meinst Du?

Lene.

Ach ne, bitte — sprechen Sie nich so.

Hermann (steht auf).

Na ja, schon gut — (er faßt an seine Tasche). Was hab' ich denn da? (Er zieht die Halskette hervor.) Nu sieh' so 'was an — (er legt die Kette auf den Tisch) hatte ich doch ganz vergessen — da — das gehört Dir.

Lene.

Ne ne!

Hermann.

Warum denn?

Lene.

Er will's doch nich haben.

Hermann.

Er? Na mit dem, denk' ich, sind wir doch nu aber fertig?

Lene.

Wenn er wüßte, wo daß ich jetzt bin.

Hermann.

Na was — wäre ja ganz gut; dann wüßte er mit einem Mal, wie die Dinge steh'n!

Lene.

Ich glaube — ich hätte gleich den Tod davon.

Hermann.

Erfahren muß er's doch aber; sonst ist doch die ganze Geschichte für nichts.

Lene.

Aber das wird schrecklich werden.

Hermann.

Du bist ja dann nicht dabei; Du bist ja dann in Berlin.

Lene.

Ja — aber wenn ich da so alleine denn sitzen werde — (Sie greift in plötzlicher Angst mit beiden Händen nach ihm.) Mein Jott, mein Jott — lassen Sie mich nur nich im Stich!

Hermann

(setzt sich rasch neben sie auf das Sopha, legt den Arm um sie).

Verlaß Dich drauf — ich bleibe Dir treu — ich bin Dir gut, Lene — ich bin Dir gut! (Er drückt sie an sich, küßt sie auf das Haar; sie seufzt; seine Küsse werden begehrlicher, er küßt sie in's Gesicht.)

Lene.

Ach — was machen Sie denn? (Sie macht sich von ihm los.)

Hermann.

Komm, komm, trink' noch einmal. (Er nöthigt ihr das Glas in die Hand.)

Lene.

Ich — sollte eijentlich nich.

Hermann.

Courage, Lene; siehst Du, wenn man einen Vogel im Käfig gehabt hat, so ein paar Jahre lang, und nu macht man ihm plötzlich den Käfig auf — dann kriegt er anfangs einen Schreck; nachher aber überlegt er's sich; und wenn er erst draußen ist und merkt, wie schön die Freiheit ist, dann lacht er sich selbst aus wegen seiner Angst und setzt sich auf'n Ast und macht „kiwitt, kiwitt!" Siehst Du, Du hast bis heute auch im Käfig gesteckt; und in ein paar Tagen, paß mal auf, da machst Du auch „kiwitt".

Lene (wieder mit einem halben Lächeln).

Ich soll „kiwitt" machen?

162

Hermann
(stößt mit seinem Glase an das ihre an).

„Kiwitt", Lene, „kiwitt".

Lene.

Na, so 'was wieder — (sie trinkt einen Zug, seufzt vor Behagen auf). Hm — (sie setzt das Glas auf den Tisch, lehnt sich in's Sopha zurück, den einen Arm hinter das Haupt gelegt; dabei geht ihr das Haar wieder auf, ohne daß sie es merkt; sie seufzt). Ach — wenn man doch blos nich zu denken brauchte.

Hermann.

Das brauchst Du auch nicht, das besorge ich. Ich denke für Dich; ich habe auch schon für Dich gedacht; willst Du's mal seh'n? (Er steht auf.)

Lene.

Wie denn?

Hermann (geht an den Schreibtisch).

Paß mal auf — mach' mal die Augen zu

Lene.

Die Augen — zumachen?

Hermann.

Nur 'nen Moment — ein kleiner Spaß.

Lene
(in der vorigen Stellung, schließt die Augen).

Hermann
(hat die Goldstücke vom Schreibtische mit beiden Händen aufgerafft, wendet sich ihr zu; man sieht, wie der Anblick ihrer Schönheit ihn mit Gewalt packt, so daß er einen Augenblick, wie gebannt, an seiner Stelle stehen bleibt; seine Lippen öffnen sich, so daß man die Zähne schimmern sieht; dann tritt er an den Tisch heran, hält beide Hände darüber, so daß man das Gold wie einen Haufen darin funkeln sieht, und spricht mit heiserem Ton).

Na nu mal!

Lene (öffnet die Augen).

Herr Du großer Jott — (sie starrt mit weit aufgerissenen Augen auf das Gold) was ist das?!

Hermann.

Das ist Dein, Lene, das gehört Dir, das ist Dein!

Lene.

Aber das — aber nein —

Hermann.

Aber ja! Mach' die Hände auf, damit daß Du es glaubst!

Lene
(drückt sich in die Sophalehne zurück).

Ne — ne — ne —

Hermann.

Dann werf' ich Dir's in den Schoß. (Er macht Miene, ihr das Geld über den Tisch hin in den Schoß zu werfen.)

Lene.

Aber Sie werden doch nich —

Hermann.

Dann mach' die Hände auf!

Lene
(ringt in stummem Kampfe mit sich selber).

Hermann.

Mach' die Hände auf!

Lene
(hält ihre Hände unter die seinigen; er läßt das Gold hineingleiten; dann drückt er ihre Hände, sie mit den seinigen umfassend, über dem Golde zusammen).

Hermann (heiser flüsternd).

Nu halt's fest, Lene; ich geb's Dir gerne, Lene; ich hab' Dich lieb, Lene.

Lene.

Das — is ja ein Berg — da reichen meine Hände ja gar nicht dazu.

Hermann.

Weil Du so kleine Hände hast, so hübsche — (er neigt sich und küßt ihre Hände) weil Du überhaupt so hübsch bist, so reizend!

Lene
(läßt das Gold auf den Tisch gleiten, sitzt starren Blicks, beide Hände an die Schläfe gedrückt, davor).

Die Masse — die Masse —

Hermann.

Davon die Hälfte, siehst Du, ist für Muttern ihre Bade=reise; und von der andern Hälfte miethen wir Dir eine Wohnung in Berlin; und alles übrige, damit kannst Du machen, was Dir gefällt.

Lene (schlägt die Hände zusammen).

Damit da kann ich mir ja die Welt kaufen?

Hermann.

So viel Geld hast Du noch nie auf einem Haufen zu=sammen gesehen? Nicht wahr?

Lene.

Und das allens — das woll'n Sie mir schenken?

Hermann.

Ja, Lene, ja; und wenn das zu Ende ist, bring' ich Dir neues, und dann wieder und immer so weiter; und dann schenk' ich Dir schöne Kleider dazu, und Gold und Brillanten, wie sie die Prinzessinnen tragen, und dann fahre ich mit Dir spazieren, und gehe mit Dir in's Theater und auf die Renn=bahn, und das alles kennst Du noch nicht, und das ist alles so schön, sollst Du einmal seh'n!

Lene.

Aber das — kann ich doch nich annehmen!

Hermann
(tritt um den Tisch herum, kniet vor ihr nieder).

Du kannst es wol annehmen, das kommt nur auf Dich an; soll ich Dir sagen, wie Du's machen mußt, daß Du es annehmen kannst?

Lene (halblaut flüsternd, auf ihn niederblickend).

Wie denn? Wie denn?

Hermann.

Wenn Du mich ein bischen lieb hast, Lene; von einem Menschen, der Einen liebt und den man wieder liebt, kann man alles annehmen, alles!

Lene
(drückt sich an die Sophalehne, hält die Hände vor's Gesicht).

Ach Jeses!

Hermann
(reißt ihr die Hände vom Gesicht).

Hast Du mich lieb, Lene? Ich bin Dir ja so riesig gut! Ich liebe Dich so, Lene, so ungeheuer — so — (Er umschlingt sie wild.)

Lene.

Was soll ich denn nur sagen — Sie drücken mich ja todt —

Hermann.

Weil ich Dich so liebe —

Lene.

Ich — habe ja nie was gegen Sie gehabt — und nu — schenken Sie mir so viel — ich — bin Ihnen ja gut.

Hermann.

Lene! Lene! Lene! (Er bedeckt ihr Gesicht mit heißen Küssen.)

Lene
(reißt sich ächzend los, springt auf, wirft das Haar zurück).

Ach Jeses — ach Jeses —

Hermann.

Wohin willst Du? Geh' doch nicht weg! Geh' doch jetzt nicht weg!

Lene (nähert sich einem Fenster).

Ich will ja nich weg — ich — mir wird so — ich weiß jar nich — janz wirblich, janz schwindlich — nur ein bischen frische Luft — (sie schlägt den Vorhang vom Fenster zurück).

Hermann (will sie hindern).

Nachher doch, Du kommst ja nachher genug an die Luft.

Lene (stößt einen Fensterflügel auf).

Nur 'nen Augenblick — bitte — (Im Augenblick, da sie hinaus-schaut, wird ihr Blick starr.) Wer — is benn das da —?

Hermann (steht im Zimmer).

Wo? Da unten? Ist da Jemand?

Lene.

Draußen — vor die Gitterthür — steht Einer und luckt immerfort 'rüber nach unserm Haus.

Hermann.

August?

Lene.

Ne — der nich — — und ich denke — er is fort — und fragt nich mehr nach mir — und unterbeß — da steht er — und luckt — und lauert, ob ich nich 'rauskommen werde — jewiß hat er mir abje sagen wollen —

Hermann.

Laß doch den jetzt —

Lene.

Und unterbeß — bin ich hier —

Hermann (faßt sie an der Hand).

Komm doch weg — mach' die Gardine zu — wenn er das Licht hier oben sieht, luckt er 'rauf und sieht Dich womöglich.

Lene (sieht Hermann mit großen Augen an).

Ja, — nich wahr —? Wenn er — das wüßte —?

Hermann
(reißt ihr die Gardine aus der Hand, wirft sie vor das Fenster).

Mach' die Gardine zu, sag' ich! (Er faßt sie um den Leib, zieht sie vom Fenster fort.)

Lene.

Fassen Sie mich nich so an!

Hermann

(hat sie mit beiden Armen umschlungen, küßt sie).

Zu mir sollst Du kommen!

Lene (reißt sich von ihm los).

Geh'n Sie weg von mir! (Sie steht ihm mit hocherhobenen Armen gegenüber, die Finger an ihren geöffneten Händen krümmen sich; der Ton ihrer Stimme wird schreiend.) Geh'n Sie weg von mir!

Hermann.

Schrei' doch nich so.

Lene.

Geh'n Sie weg von mir!

Hermann (steht ihr verblüfft gegenüber).

Was hast Du denn mit einem Mal? Was willst Du denn?

Lene.

Dem da seine Frau will ich werden! (Sie zeigt nach dem Fenster.) Seine ehrliche Frau!

Hermann.

Das sollst Du ja auch, das kannst Du ja auch, das hab' ich Dir ja alles gesagt.

Lene.

Das kann ich nich! Denn wenn ich nachher zu ihm komme, denn — spuckt er vor mir aus!

Hermann.

Warum denn? Wieso denn?

Lene.

Weil Sie mich vorher — zu Ihre — Mädresse jemacht haben!

Hermann.

Bist Du denn mit einem Mal verrückt geworden?

Lene.

Ne jar nich! Ich weiß ganz gut, was Sie von mir wollen! Und das is nich recht von Ihnen! Das is schlecht! Und das will ich nich! Das will ich nich!

Hermann.

Schrei nich so! Du trompetest uns das ganze Haus auf den Hals! (Er eilt an das offen gebliebene Fenster und schließt es.)

Lene.

Das schad't auch nichts! Das will ich auch! Ihm selber will ich's sagen, dem Herrn Aujust, ihm selber, alles! Lassen Sie mich geh'n — (sie wendet sich der Thür zu).

Hermann (vertritt ihr den Weg).

Du bist wohl nicht —?

Lene.

'Raus soll'n Sie mich lassen — (sie stürzt auf die Thür zu, will aufklinken; die Thür ist verriegelt).

Hermann
(ist mit einem Sprunge hinter ihr her, reißt den Schlüssel aus der Thür).

So haben wir nicht gewettet!

Lene
(greift sich in rathloser Verzweiflung in das Haar).

Nu hat er mich eingesperrt! Nu hat er mich eingesperrt! (Sie blickt nach dem Fenster zu; Hermann stellt sich rasch davor.)]

Hermann.
Nur so lange, bist Du wieder vernünftig wirst.

Lene
(mitten im Zimmer stehend, schreit mit gellender Stimme).

Zu Hülfe! Zu Hül —

Hermann
(stürzt sich auf sie, hält ihr den Mund mit der Hand zu).

Ich bringe Dich um, wenn Du nicht das Maul hältst! (Sie sträubt sich verzweifelnd in seinen Händen.)

Ilefeld's Stimme
(außerhalb der Scene, von der Fensterseite).

Da oben, Herr Aujust, da oben is es jewesen, wo daß es schrie!

Lene
(hat sich den Mund freigemacht, schreit).

Ilefeld! Paul Ilefeld!

Hermann.

Canaille! (Er ringt mit ihr, reißt sie nach dem Sopha, dort sinkt sie in die Knie; er drückt ihr den Kopf in die Sophakissen.)

(Während des letzten hat man ein dumpfes Geräusch von Stimmen und Schritten hinter der Scene gehört; das Geräusch nähert sich mehr und mehr.)

Hermann.

Will doch seh'n — ob ich solchem Frauenzimmer den Mund stopfen werde.

Lene (in die Kissen stöhnend).

Zu Hülfe —

August's Stimme (außerhalb der Thür rechts).

Was ist hier los? (Er rüttelt an der Thür, pocht daran). Warum ist die Thür verschlossen? Was ist hier los?

Lene (wie vorhin).

Herr Aujust — —

August (draußen).

Die Thür' auf, sag' ich!

Hermann
(steht knirschend, mit geballten Fäusten über Lene, dann wendet er sich mit einem bösen Lächeln der Thür zu, riegelt auf).

Wozu soll denn der Skandal?

(Die Thür wird von außen aufgerissen, Hermann tritt rasch zurück.)

170

Dritter Auftritt.

August (kommt mit einem Schritt herein, tobtenbleich, mit rollenden Augen, in furchtbarer Erregung).

August.

Helene?! (Er steht starr aufgerichtet mitten im Zimmer; blickt auf Hermann).
Was haft Du mit dem Mädchen gemacht?

Hermann.

Was ist denn weiter dabei? Ein kleines Rendezvous —

August (mit zuckenden Händen).

Du haft mir das Mädchen verführt!!

Hermann

(weicht an die Thür seines Schlafzimmers zurück).

August.

Du Dieb — Du Schurke — Du Hund — (er macht Miene, sich auf ihn zu stürzen).

Hermann

(springt in das Schlafzimmer, schreit mit einer Stimme, der man die Angst anhört).
Ich habe Revolver!

August.

Du mit Deinem Revolver. — (Er stürzt hinter ihm brein, kommt im nächsten Augenblick, Hermann am Kragen schleppend, zurück; in Hermann's Hand sieht man einen Revolver.)

Hermann.

Ich sage Dir — ich sage Dir —

August.

Spitzbuben halten das Maul, wenn sie vor dem Richter steh'n! Du stehst vor dem Richter — Du — (er entwindet ihm ben Revolver) stehst vor dem Richter. —

Vierter Auftritt.

Juliane (erscheint in der Thür rechts).

Juliane.

August! Es ist Dein Bruder!

August

(fährt zurück, kommt zu sich, wendet das Haupt zu Juliane).

Ach — das war gut -- (er wirft den Revolver fort) ich danke Dir — (er streckt ihr die Hand hin) ich — danke Dir.

Juliane

(ist hereingetreten, hat ihm rasch einen Stuhl zugeschoben).

August

(sinkt auf den Stuhl, beugt das Haupt, stützt die Hände auf die Knie, ein thränenloser Krampf durchschüttert seine Brust; nach einiger Zeit sagt er zu Hermann, der sich erhoben hat, ohne ihn anzusehen).

Du bist frei — Du kannst die Fabrik verlassen — wann Du willst — noch in dieser Stunde. —

Hermann

(ergreift, ohne einen Laut von sich zu geben, seinen Hut, der auf dem Schranke liegt).

August.

Nimm Dein Geld mit!

Hermann

(tritt an den Tisch, sackt schweigend die Goldstücke ein, die darauf liegen, geht schweigend durch die Thür rechts ab).

(Pause; während deren man Lene schluchzen hört; Juliane steht hinter August's Stuhl.)

August (zu Juliane).

Juliane — sage dem Mädchen, das dort weint, daß sie gehen soll.

Lene (in der vorigen Stellung).

Herr Aujust — ich habe nich recht gethan — aber was Sie von mir denken — das is nich wahr.

August (schüttelt schweigend das Haupt).

Lene.

So schlecht bin ich nicht — Herr Aujust — so wahr Gott im Himmel lebt — so schlecht bin ich nich.

Juliane
(legt die Hand auf seine Schulter, beugt sich flüsternd zu ihm).

August —?

August.

Jetzt nicht — morgen.

Juliane (wie vorhin).

Ein brechendes Herz vertröstet man nicht auf morgen.

Fünfter Auftritt.

Vorige. Ilefeld (erscheint in der Thür rechts, bleibt im Schatten draußen stehn).

August (ohne das Haupt zu erheben).

Ich — kann nicht.

Juliane.

So werde ich mit ihr sprechen. (Sie setzt sich auf das Sopha zu Lene.)

Lene.

Ach, Fräulein — ach, Fräulein — (sie küßt, vor Juliane knieend, ihr die rechte, dann die linke Hand, drückt dann ihr Haupt in Julianens Schoß).

Juliane (streicht ihr über das Haar).

Werde ruhig, sprich zu mir, Lene, sage mir Alles.

Lene (vom Schluchzen unterbrochen).

Ich — habe — davonlaufen wollen —

Juliane.

Warum wolltest Du davonlaufen?

Lene.

Weil ich's ihm hätte sagen sollen — weil es nicht recht war, daß ich es ihm nich jesagt habe — daß ich — einen Anderen — lieb hatte.

August (fährt mit dem Haupt auf).

So geh' ihm nach, Deinem Liebsten! Er ist hinaus! Geh' hinaus! Du auch!

Lene
(wendet das thränenüberströmte Gesicht zu ihm).

Aber der doch nich? Der Herr Hermann is es doch nich?

August.

Lüge nicht!

Lene
(drückt das Gesicht wieder in Julianens Schoß).

Juliane.

Sage mir, wer es ist, den Du liebst.

Lene (legt beide Arme um sie).

Ich — schäme mich so —

Juliane.

Sprich — Du mußt sprechen.

Lene (flüsternd).

Der Ilefeld.

August
(wirft das Haupt, beinah freudig, überrascht herum).

Ilefeld?

Lene.
(wendet ihm wieder das Gesicht zu).

Das wußten Sie doch aber, Herr Aujust? Sie haben ihn doch aus der Fabrik weggeschickt darum?

Ilefeld (von der Schwelle her).

Aber Jungfer Lene? Wie sind Sie denn auf so eine Idee gekommen?!

Lene (blickt starr auf Jlefeld).

Das hat mir doch aber der Herr Hermann gesagt?

August
(winkt Jlefeld, dessen er jetzt erst gewahr geworden ist, herein).

Jlefeld — (er steht auf, tritt zu Jlefeld heran, legt ihm die Hand auf die Schulter) warum haben Sie mir davon nichts gesagt?

Jlefeld (senkt das Haupt).

Jott — seh'n Sie, Herr Aujust — wenn Sie sie nu mal heirathen wollten — denn wär's von mir doch nich recht jewesen, wenn ich ihr in's Glück getreten wäre.

August (streicht ihm über den Kopf).

So ein Kerl — so ein alter dummer Kerl — (wendet das Gesicht zu Lene). Helene, warum hast Du mir das nicht gesagt?

Lene.
Herr — Aujust —

August.
Gieb Antwort!

Lene.
Ach, Herr Aujust — Sie — haben mich ja nie danach gefragt.

August
(richtet sich, von der Antwort getroffen, starr auf, setzt sich dann schwer auf den Sessel nieder, sagt halblaut vor sich hin).

Das ist die Wahrheit. — (Nach einer Pause wendet er sich wieder zu Lene.) Und. so — einen anderen Mann im Herzen — hast Du meine Frau werden wollen?

Lene.
Weil Sie doch zu meine Mutter gesagt haben, daß wenn ich Sie heirathe, denn wollen Sie ihr Geld geben, daß sie in's Bad reisen könnte?

August.
Wer hat Dir das gesagt?

Lene.

Haben Sie das — denn nich —?

August.

Wer Dir das gesagt hat? Die Nichtswürdigkeit?

Lene.

Onkel Ale — doch?

August (springt auf).

Das ist der Dank! Zehn Jahre lang hab' ich für diese Menschen gedacht, geschaffen, gesorgt! Und das ist der Dank, daß sie so etwas von mir denken!

Lene (in erschrecktem Begreifen).

Herr — Aujust —

August.

Sprich nicht mehr zu mir! Deine Mutter soll heute noch in's Bad reisen, heute noch geb' ich ihr das Geld, und Du kannst hingeh'n, wohin Du willst; meine Frau brauchst Du nicht zu werden! Ich gebe Dich frei! Du bist frei! Geh'!

Lene
(schleppt sich auf den Knieen zu ihm heran, umfängt seine Kniee).

Herr Aujust — Herr Aujust —

August.

Geh'!

Lene.

Nein bitte! Nein bitte! Nein bitte! Nich wegschicken, Herr Aujust! Nich wegschicken! Treten Sie mit Füßen auf mich, Herr Aujust, ich hab's nich anders verdient! Ich hab' schlecht an Ihnen jethan, Herr Aujust, ich habe nich jewußt, wie Sie sind, Herr Aujust! Ich habe Ihnen weh gethan am Herzen, Herr Aujust, und wer so einem Herzen weh thut, der verdient, daß man ihm den Strick um den Hals thut! Aber nich wegschicken! Nich wegschicken!

Juliane (tritt zu August heran, spricht flüsternd).

In Qualen verkam sie an Deiner Seite und Du haft sie nicht gefragt — bift Du frei von Schuld? Weffen Glück haft Du gesucht, als Du sie heirathen wollteft? Ihres oder Deines? Bift Du frei von Schuld?

August
(sieht ihr in's Geficht, drückt ihre Hand, wendet sich dann zu Lene).
Du Kind — (er streicht ihr über das Haar) Du **thörichtes Kind.**

Lene (ergreift seine Hand und bedeckt sie mit Küffen).
Herr Aujuft — Herr Aujuft —

August.
Na, Ilefeld — da ist Eine —

Ilefeld.
Ach Jott ja, Herr Aujuft — da is Eene —

August.
Ob sie denn an der Bütte wird mithelfen können, Ilefeld?

Ilefeld.
I nu — wenn Sie nischt dawider haben, Herr Aujuft, probiren ließe es sich ja wol.

August.
Dann begreife ich doch aber nicht, warum Sie so wenig Aufhebens von ihr machen?

Ilefeld.
Na — wenn's blos auf das Aufheben ankommt — (er stürzt sich mit einem jubelnden Laute auf Lene; diese fliegt empor, ihm in die Arme, an die Bruft).

Lene.
Paul Ilefeld!

Ilefeld (herzt und küßt sie).

Och Lenchen — och Lenchen — och — och — (Er tritt, den Arm um Lene geschlungen, vor August.) Herr Aujust — was ick sagen wollte, Herr Aujust — so'n Papier, wie wir nu machen wollen — so'nen Berg jeden Tag, Herr Aujust, und fein!

August.

Ist recht, Ilefeld, ist recht. Geht jetzt und weckt die Mutter; nachher komme ich selbst.

Ilefeld.

Is jut, Herr Aujust, is jut — (er wendet sich mit Lene zum Abgange) aber so'nen Berg, Herr Aujust, und fein!

August

(ruft ihnen nach, da sie auf der Schwelle sind).

Hör' doch mal — Lene — (Ilefeld und Lene bleiben stehen.) Ob Du nun wieder singen kannst?

Lene

(blickt schamhaft glückselig zu Ilefeld empor).

Ach Jott — Herr Aujust — mir is doch fast so. (Lene und Ilefeld rechts ab, August und Juliane bleiben schweigend stehen.)

Lene's Stimme (außerhalb der Scene).

„Reich bin ich nicht — Taschen sind leer!
Schön bin ich nicht — Manche ist's mehr!
Aber vergnügt — Weiß auch woher!"

August (sinkt auf den Stuhl).

Die Haubenlerche — da fliegt sie davon.

Juliane.

Nein, sie hat ihr Nest gefunden und dankt dem Manne, der es ihr gebaut hat! (Sie tritt an das Fenster, schlägt die Gardine zurück, das helle Morgen-Sonnenlicht fluthet herein.) August — es ist Tag, und die Sonne zeigt Dir die Häuser der Menschen, die glücklich sind durch Dich!

August

(wendet sein Haupt gegen das Fenster).

Ja — es ist Tag geworden, und das neue Licht blendet.

Juliane.

Aber wer gesunde Augen hat, der gewöhnt sich daran — und Du hast gesunde Augen.

August

(sitzend, ergreift ihre beiden Hände, sieht ihr in's Gesicht).

Dir glaube ich von jetzt an viel. (Er steht kräftig auf.) Darum komme hinaus mit mir in Gottes neuen heiligen Tag — dort wollen wir's erproben.

(Indem sie sich nach rechts wenden, fällt der Vorhang.)

Ende des Stückes.

www.ingramcontent.com/pod-product-compliance
Lightning Source LLC
Chambersburg PA
CBHW022356020726
47500CB00002B/297